# 我的女儿 90 岁

*Mamma a Carico*
*Mia figlia ha novant'anni*

Gianna Coletti

［意］吉娜·柯勒蒂 —— 著
詹思齐 ————— 译

## 图书在版编目（CIP）数据

我的女儿90岁/（意）吉娜·柯勒蒂著；詹思齐译. —广州：广东人民出版社，2021.1

ISBN 978-7-218-14075-9

Ⅰ. ①我… Ⅱ. ①吉… ②詹… Ⅲ. ①传记文学—意大利—现代 Ⅳ. ①I546.55

中国版本图书馆CIP数据核字(2019)第276845号

广东省版权著作权合同登记号：图字：19-2020-172号
Mamma a carico. Mia figlia ha novant'anni by Gianna Coletti
Copyright ©2015 Giulio Einaudi editore s.p.a., Torino
The simplified Chinese edition is published in arrangement through Niu Niu Cultural Limited.

WO DE NÜ ER 90 SUI
### 我的女儿90岁

[意] 吉娜·柯勒蒂 著　詹思齐 译　　版权所有 翻印必究

| | |
|---|---|
| 出 版 人： | 肖风华 |
| 责任编辑： | 黄洁华　李　欣 |
| 责任技编： | 吴彦斌　周星奎 |
| 营销推广： | 董　芳 |
| 出版发行： | 广东人民出版社 |
| 地　　址： | 广州市海珠区新港西路204号2号楼（邮政编码：510300） |
| 电　　话： | （020）85716809（总编室） |
| 传　　真： | （020）85716872 |
| 网　　址： | http://www.gdpph.com |
| 印　　刷： | 广东信源彩色印务有限公司 |
| 开　　本： | 880毫米×1230毫米　1/32 |
| 印　　张： | 7.25　字　数：120千 |
| 版　　次： | 2021年1月第1版 |
| 印　　次： | 2021年1月第1次印刷 |
| 定　　价： | 42.00元 |

**如发现印装质量问题，影响阅读，请与出版社（020-85716849）联系调换。**
售书热线：（020）85716826

这是一场与时间的不平等斗争

**前言**
*Foreword*

# 我的麻烦妈妈

**我的麻烦妈妈**

身为女儿,吉娜需要照顾自己行动不便的母亲:一位90高龄的白发老太太,性格固执,总是戴着一副3D眼镜——哪怕她的眼睛看不见,她也习惯了鼻梁上有点东西。然而,吉娜需要且希望有自己的生活。这个故事将她们特别的关系缓缓道来,折射出一个几代人相处的现象:越来越多的女性需要照料年迈生病、无法自理的父母。而他们曾经哺育过我们,陪伴我们长大成人,照料他们是一场与时间的不平等斗争。吉娜·柯勒蒂带着她的轻嘲和勇气,讲述了这样一场斗争,展示了许多痛苦、挫折和困惑的时刻,同时也为我们带来了许多幸福、欢笑、温柔和闪着光芒的点点滴滴。

照料那些曾经帮助我们长大成人的人,是一场与自然、时间的较量。我们是否有可能成为自己父母的"父母"呢?

# 目录
CONTENTS

**第一章**
在我的生命里，有这样一位老太太 \1

**第二章**
桶 \11

**第三章**
灾难年 \19

**第四章**
护工的到来 \29

**第五章**

另一名护工 \39

**第六章**

一个女人和一个女孩 \45

**第七章**

愤怒的晚年 \55

**第八章**

童谣 \65

**第九章**

恼火 \71

**第十章**

老太太的康复计划 \81

**第十一章**

生日 \89

**目录**
CONTENTS

**第十二章**

第一次，也希望是最后一次 \97

**第十三章**

电影要开拍了 \103

**第十四章**

大麻有害健康？ \111

**第十五章**

汗与泪 \119

**第十六章**

咔嚓，开拍！ \127

**第十七章**

吃盐对身体有益 \135

**第十八章**

不死之身 \143

**第十九章**

活着不要忧伤 \149

第二十章
切利娅、阿贝尔和猫 \157

第二十一章
梦 \167

第二十二章
重新开始 \173

第二十三章
衰弱 \179

第二十四章
《再过五分钟上映》 \187

第二十五章
家 \197

第二十六章
再见 \205

第二十七章
绿萝 \213

## 第一章
CHAPTER

**在我的生命里，
有这样一位老太太**

在我的生命里，

有这样一位老太太

我52岁了,然而我从不会轻易谈起更年期一词。于我而言,有少数令我迷恋的东西就足矣。唯一的烦恼是在补妆以后又会花掉的粉底液,不过这也不是什么大问题,为自己扑粉是一种享受。

在我的生命里,有这样一位老太太。她已经90多岁了,一头乱糟糟的白发向上支棱着。她失明了,却戴着一副3D眼镜,因为她总是习惯于鼻子上有点什么。她不能再继续走路,而且头脑也愈发不清醒。这位老太太便是我的母亲。然而这几年来,我们的角色已经反过来了,我成为了我母亲的"母亲"。我保证,作为"女儿",她非常坚强,而事实上,作为母亲,她也一样坚强。一直以来她都活得十分叛逆：刀子嘴豆腐心，还有些自负。

我忘记说了，她不喜欢有人为她做决定，哪怕那个人是她的女儿也不行，因此有时候她会威胁说要离开。当我让她保持耐心、不要绝望时，她则会生气地回答道："耐心是傻子和圣人才有的。"显然她二者都不属于，她补充道："也是姑娘们成熟了以后有的！"

她用自己美妙的米兰方言，提起还有"姑娘们"，成熟以后就有耐心了。女人耐心这一美德，在她这儿完全被忽视了。

直到最近，大自然的力量在我的母亲身上凸显。目睹她的衰弱是痛苦的。我知道变老是生命的一部分，但我真的无法说服自己顺应自然。多年来，我一直害怕那种不可避免的衰老，这种衰老对我母亲和我来说，象征着无法再回到过去。当这一刻来临，她突然变得无法自足、不能随意支配自己的身体。我毫无防备，我从没想过她变得那样的瘦弱……最初席卷而来的是恐惧，还有惊愕。你不明白为何你母亲的晚年与你想象和希望的大相径庭。特别是你觉得她的情况比你周围其他老人们的要复杂得多；你开始微妙地嫉妒起那些双亲健康却没有意识到自己有多幸运的人。更麻烦的是，你们通常会起一些冲突，恶化父母与子女之间的关系，就我而言，这样的冲突远不止一次。

伤口会裂开甚至扩大，而我必须鼓起勇气，来克服过去令人不快的记忆和分歧。此时我必须照顾她，而不能砰地关上门、扭头离开，我不能忽视她，因为她的活下去亦是我的。每天我都必须找到力量支持她，而不仅仅是忍受她。

有时候我会哭泣，为了她，也是为了自己。这大约是荷尔蒙的错，我们的兽医就是这么说的，他研究动物世界里的一切人类行为。

"这是一个转动的轮子。"当我们有任何分歧时，我母亲经常这样提醒我。

我看到了我的晚年，想逃之夭夭，但除了在年轻时就死去以外，似乎又无计可施。目前，我只想逃离它。

一直以来，我都受到母亲情绪以及各种事情的摆布。即使我们之间的关系发生了变化，争吵仍然没有停过。有时候，说实话，是偶尔吧，在吵到一半时我母亲会厌倦。这时，她用生硬和毋庸置疑的方式来结束争吵：

"我是瞎了，又不是聋了。别喊了，真烦人。"

如此一来我保持沉默,双方突然都会冒出一点愧疚感。我的未婚夫,洛伦佐,向我重复道:

"你别担心,普鲁斯特的一生都抱有愧疚感。"

坦白说,了解了马歇尔·普鲁斯特并不会有什么帮助,甚至一点也没有。

我每次都问自己,怎么能与一位如此衰弱不堪的老太太争论。我母亲仍然可以唤醒我一些旧时的愤怒,我想那是我小时候她就给我造成的一些混乱。冲突是我们这对母女动态的一部分。她扔钩子,我上钩。她喜欢挑衅。争吵使她感觉到活着,并让她发泄焦虑。所以我们每天都会因为某些事情或多或少地争吵。她很快就会忘记这些。而我不会。在某些情况下,记忆短暂并不是一件坏事。

在争吵之后我会苦恼。她也会保有一点内疚,但随后又准时问我要糖果吃。我甚至不等她说完,就往她嘴里放了一块小点心。她一直很贪吃。她喜欢所有类型的糖果,还要大块。如果我给她一小片纯甘草片,希望提高她的血压,她马上就会唠叨起来,因为这一片实在是太小了。哪怕我再拿一块给她,也仍旧是不满足的。

"你怎么这么小气!起码给我四片五片吧!"

"你嘴里已经有两片了!"

然后周而复始。不过最终我还是会满足她。正如我在51年的岁月里所做的那样。51年并不短了。虽然我母亲一直告诉我,我还有一辈子的时间在面前。她会撒个小谎来哄我,尽管只是为了安慰我。随着时间的推移,我一直都推迟着那段所谓"女人一生中最好的时期"的到来。

我30岁时,常常告诉自己:"我充满了成熟和美丽。"40岁时,我多少也存有这种思想,也因为从各方面来看,我表现得都不显老。50岁时,我保持着"成熟",删除了"美丽",并且想出了另一个词取代它——"感知"。我想要避免因"感知"而填写的失败清单。这份清单我只会展示在未婚夫洛伦佐面前。我们已经在一起25年了,不久前我们庆祝了"银婚",但我不认为这是什么伟大的庆祝事宜,因为我记不起来了。

然而,洛伦佐的存在,尤其是他的努力,是我很高兴感知的事情之一。我们的浪漫关系有一定的距离:洛伦佐住在罗马,我住在米兰。他是演员,我也是。我的母亲以前总是反对我们。她从未接受有人可以让我离开她,他甚至不是百万富翁(我的老母亲还停留在使用里拉的时代),现在她在这方面有点心软了。在不同的时期，通过不同的方法，她始终牢牢地位于我们故事的中心。

几年前，在一场争吵中，洛伦佐指责我毁了他的生活。

"如果有这回事的话，那是我母亲！"我回答他。

据说寿命已经延长了，但实际上延长的只是它最后一部分。老年时期现在占据了我们很长一段时间，而且注定会占据越来越多的时间。然而我们往往无法经营这一时期，我们发自内心地不接受它，不接受我们不得不照料的残破衰老；因为我们无法理解身体和心灵的衰退，无法理解它带来的巨大痛苦。很多时候我们都对它不宽容。从日常的生存里，我们忘记了，老年时期是最难以生存的年纪。我希望我的母亲能够以最好的方式被对待、被保护、被鼓励和照顾。首先我想买一把矫形椅，可遥控的，完全倾斜，座椅可抬起以帮助她起床。她最近不能走路，但我并不绝望，也许通过良好的理疗她就能恢复。

此刻，我美丽的老太太正坐在20世纪50年代风格的扶手椅上，这是几年前朋友送给我的。它被阁楼里的其他玩意埋没了，有点破旧，我为了试着让它坐起来更舒适点儿，在上面放一些垫子。

"感觉好吗，妈妈？"我问她。

"好极了。"

我觉得答案取决于给她的甘草片数量。我喜欢这样看着她，即使我知道这个宁静的状态持续不了多久。事实上，到了最后一块的时候：

"小吉娜！给爱你的老太太再来块糖！"

鉴于她目前血糖指数是正常的，我又给了她一块。医生说："您母亲的血糖指数可都加到我身上了。"

第二章

桶

桶

在我父亲去世的那一年，母亲的状况突然变得复杂起来。从那时起，无论如何都得由我来照顾她，为此我感到很累。接下来的是一系列无休止的战斗。首先，要让她接受除我以外的人的帮助。多年来我母亲一直坚决拒绝其他人来帮助她，无论是在我外出工作的时候，还是在我去找洛伦佐的短短数日里。

我一度幻想她能容忍别的女孩出现在自己家里。可惜这种幻想只持续了一天。就在她们俩一起度过的第二个晚上，她英勇地冲进了客厅，小姑娘正在那里睡觉。老太太嘴里叫喊着"出去！"，把她赶走了。那个小可怜，不知道去哪里，只好睡在走廊上。她明智地决定不再继续这种雇佣关系。

我明白接受护工并不容易，因为这意味着接受不能自理的事实，但将这么重的负担放到孩子们身上是不公平的。我想，更确切地说，我希望，我的母亲在九十来岁时，依然能成为一位灵活能干、头脑敏捷、温顺易满足的女士。可是我了解妈妈，以至于不知道如何维持这种希望。在生活中，她总是脑子一热地做一些事，不考虑后果，意气用事。例如，几个月前，她独自一人出门，穿过马路、十字路口、电车轨道，无视种种危险，要知道她是看不见的呀。我承认她通常都走得很顺利。

一天早上，我去了她家，带她去超市；她特别喜欢这个地方，因为这儿让她感觉自己与其他人别无两样。没有人注意到她的失明。她扶着推车放心地挪动，她推着小车，我在前面引导方向。她称之为"小细管儿"的腿，步伐又轻快起来。每次我们去超市，她都想买上几罐蓝莓果酱，期待这有助于她恢复视力。也会买点饼干和几瓶蓝布鲁斯科葡萄酒，对视力没什么坏处。而我必须试着拒绝她，就像我小时候她做的那样。

那天早上在去超市之前，我走进她的房间，注意到一个天蓝色的桶，里面装有水，至少我乍一看来是水，还有一张皱巴巴的纸巾。

"你床边的那个水桶是干什么的?"

"我在里面尿尿!"

"你干了什么?!"

我简直不敢相信,妈妈已经回到了要用便盆的日子。她明确表示这是一个实用与否的问题:当她半夜醒来时,没法及时赶到洗手间,但是这样她伸手就能够到桶。

"如果你失去平衡,摔断了腰怎么办?"

"怎么会?"她急躁地叫道,向我比出驱邪的手势,"如果我去洗手间,就没可能摔倒吗?"

我没有重视她的抗议,绝望地打电话给洛伦佐,告诉他我母亲最近的疯狂。他认为我得留那可怜的母亲自个儿安静地待着,而不是创造一些并不存在的问题。

每当我脑海里跳出桶、便盆、坏掉的盆骨与股骨,他就这么告诉我。我威胁他说以后再也不会向他倾诉了。不过他的话依然宽慰了痛苦的我。我试图让他理解事实的严重性,他断然总结道:

"你和你妈妈一样在变老。甚至于,我们都和你妈妈一样在变老。"

我有点讨厌地承认,那一次和其他时候一样,我母亲和洛伦佐说的都有道理。我的恐惧致使我无

法接受母亲想出的解决方案，尽管那会让她生活更方便。我低估了她。我不得不从生活经验的角度，重新考虑她的年龄，考虑她艰难的生活里充满无数智谋。就像在战争时期，她假装怀孕，将韦尔切利的大米私运到米兰。她把大大的袋子塞在衣服下面，于是在军警眼里，她成了一位年轻美丽的大肚女子，眨着茫然若失的眼睛，也许她的丈夫就在前面，是一位要受到保护而不被搜查的女子。抑或是，她在两岁半的儿子吉安皮耶利诺去世后，顽强地活了下来。当时我还没有出生，那个孩子在奶奶陪着的时候，在弗留利的一条运河里淹死了。我母亲挺过来了。我猜想她甚至没有时间来为他哭泣，只能继续向前走。而我呢，却不幸地在一只桶面前被击溃。

## 第三章

CHAPTER

## 灾难年

灾难年

伊丽莎白女王曾说，1992年是她的灾难年，在这位在战时受过教育的君主看来，离婚事件、窃听丑闻等都是伦敦最沉重的爆炸式新闻。我虽无与女王相比较的意图，却也有过自己的灾难年：2010年。与伊丽莎白大有不同，没有卡米拉，没有无礼的管家，也没有米兰的大新闻。只有我母亲的衰弱，这在很长一段时间里改变了我的生活。

7月份，我搭乘火车前往罗马，加入了剧团，和他们带着16世纪无名氏的剧本《少妇吉安娜》一起登上舞台。我们租了一辆车，最终目的地是卡拉布里亚，确切地说是科森扎省的蒙塔尔托·乌夫戈，我们将在那里首次登台。

鉴于这是一次短期的夏季巡演，仅在少数广场演出，我接受了这次机会。在出发之前，我对母亲提出了一些例行而又无用的要求。

"你老给我啰嗦这些事干什么？我头脑还清醒着呢！"

她这样的话语总能给我一丝慰藉，因为我从来没有想过，那些不断坚持自己头脑清醒的人，往往都是那些根本没有头脑的人。尽管我母亲除了我之外，不希望别人在她身边，那段时间她一点也不孤单。白天很多人围着她，这让我平复了一些。每周三次，上午10点30分，来自米兰市民盲人协会的志愿者轮流陪同我母亲去酒吧。妈妈更喜欢男孩子们，据她而言，男孩比女孩子们能更好地照顾她。她对这些散步很满意，主要有两个原因。她乐意看到邻居们，得到勇敢的年轻人的拥抱；此外，也许最吸引到她的是，她有机会吃第二顿早餐。

除了盲人协会的志愿者和邻居们，隔天大概下午5点的时候，另一位邻居的岳母会来。她乐于照顾我妈妈，因为妈妈让她想到自己。她帮我母亲洗澡，做一些美味佳肴，兴味盎然地听我母亲讲她的糊涂事。这倒是让我有些困惑，为何她与我母亲不同，看起来头脑清醒。

负责做午餐、晚餐、整理公寓的，是卡佳，她来自斯洛文尼亚，25岁，害羞而拘谨。她以前的生活很困难，但她想要学习成为一名从事社会福利救济的工作人员。在面试时，她就这么告诉我了，带着一副温柔懊悔的表情。我马上就聘用了她。由于她住的房子里有一些问题，我给她提供了我38平方米小两室房里的一半。很明显，我母亲在家和她处不好。她不需要护工。

不久以后，这个女孩带着同样温柔懊悔的表情告诉我，她必须参加一个课程，不能再为我母亲准备午餐了。当我不在米兰时，我和家附近的快餐酒吧老板商量好，让他们来为母亲送午餐。于我母亲而言，至少在美食方面，享受千层面、羊乳干酪面团、肉酱长烤饼、小牛肉配金枪鱼酱和炖丸子的这一段时间，是再美好不过的时光了。当我打电话给她，想了解她吃饭情况的时候，她总是回答我：

"非常棒。如果这是一次打击的话，上帝再给我一次吧。"

感受到她的热情，我就松了一口气，但是往往等不到一小时，就接到她的电话：

"我想一个人待着。我该怎么告诉你？"

"非常好。你以后别指望我了。"

此时她将煎蛋卷翻过来，冷静下来并提醒我，

对她来说我不像其他人,她爱我。即便在现在,我一直都很在意这件事。我不明白这是纯粹的自私,还是一种求助的呼声。也许两者皆有之。

在那次从罗马到蒙塔尔托·乌夫戈的汽车旅行中,我挤在后座上,向圣人、向上帝、向宇宙询问,我到底做错了什么,赐给了我这样一位母亲。没有人回答我。我以为是我愚蠢地接受了那份工作。都是洛伦佐的错,他让我去的。在订婚多年后,我们只在一起演出了三次。这可能是一个我们放松的新机会。在喜剧中我们扮演两个仆人,绝对是最滑稽的人物。我们可以在一起玩一会,英语里也说"玩起来",这并不是巧合,就好像是词汇变化的游戏一样。

然而,从演出开始大约两周后,与洛伦佐的"游戏"遭了殃:我妈妈开始制造一些严重的问题,但那时候我无法再找到替演、离开剧团,首次演出临近了。我被困住了。

家里的情况每天都在恶化。邻居们经常打电话告诉我,他们把她从尖叫中解救出来了,但是她在与我打电话时镇静极了,轻描淡写。我不明白什么原因导致那些摔跤,也许是心脏低血压的缘故,谁知道呢。我不耐烦地等待着首次登台的日子,等待着能让我回到米兰的休息时间。

终于到了这一日,舞台经理宣布演出开始还有半小时,我听到电话响了。是邻居打来的电话,告诉了我一件难以置信的事情。接完电话后,我又打电话给妈妈。

"嗨,吉娜。你什么时候来?"

"我四天后回来。我听说消防员今晚来了,他们从窗户进来,把你拉出浴缸。你摔倒了,没法站起来。这是真的吗?"

"你太夸张了!这些事情谁说得准呢。"

"妈妈,有多少次了?"

"你会明白的,如果所有的坏事都是这些……"

"我告诉过你不要独自洗澡。你为什么不听我说话?"

"小吉娜,妈妈面前你要听话,当个乖孩子!"

在上台之前的那一刻,我打电话给卡佳,请求她陪伴我妈妈四天。然后演出开始了,我设法让观众大笑。

第二天,由于支气管肺炎和疑似椎体病变,他们又将母亲送往医院,住院治疗。在电话里我努力认出她的声音。

"吉娜,帮帮我……我要死了……"

强烈的镇静剂使她陷入半昏迷状态,但一旦效果消失,她就开始再次尖叫。她只尖叫着我的名字。那一刻,就仿佛一颗陨石撞到了我。

听传记文学感悟人生
读暖心故事治愈心灵

## 第四章

护工的到来

## 护工的到来

首演后,我和洛伦佐一同前往米兰。我们没有回家,直接去了我母亲的医院。我发现她比我想象的要好,她很高兴在那儿伙食很好,还和我的未婚夫开起了玩笑。当护士要我们离开时,在门外,洛伦佐注意到我的慌乱:

"你别担心。你妈妈好着呢。"听上去很真诚。

很明显,一旦出院,她就需要一个稳定的护工:她的腿损坏得已经非常严重,可能不再灵便,甚至她的头脑在我看来也不再像以前那样,虽然说起来之前那个也不是特别灵光。

洛伦佐和我去了家附近的教区听力中心。有人告诉我有一位女士可以帮助我们。当我们见到她

时，她给了我们一个男孩的名字：豪尔赫，26岁，厄瓜多尔人。他最近在照顾患阿尔茨海默病的一位老人。除了脾气好外，他体格健美，还有更换尿布的经验。非常好。那一刻，我意识到我母亲可能要穿纸尿裤了。我感谢那位女士，考虑到有人要照顾我母亲私密的卫生，很可能就是豪尔赫了。于是我给他打了电话。

早上，洛伦佐和我去医院接妈妈。经过三个星期的住院，她很高兴回到家。那位年轻的医生，虽然看上去不是很亲切，却非常有学问，给了我两张纸，辞呈和无穷无尽的药物清单：止痛药，舒缓药，抗癫痫药，胃保护药，血管扩张剂，可的松，利尿剂，还有一些上帝才知道的东西。我断然拒绝叫救护车来送她，确信她不需要救护车。仅在前一个月她基本还是可以自理的。

我们设法把她固定在汽车的前座上，这很大程度上要归功于洛伦佐。我们回家了，豪尔赫在门前等着我们。我们困难地将她从车中拉出来，笨拙地支撑着她的两侧，不知道该怎么做。在几分钟之内，她尖叫起来，一片混乱：

"噢……对待老年人要慢点！慢点！"

我不知道怎么做到的，但是我们让她走上了通向电梯的十级台阶。当我们小心翼翼地扶着她到了五楼时,我意识到我没有想到她坐轮椅的需求,而是希望妈妈能走几步。

借助于一个带轮子的凳子,我们设法让她进了屋子,把她安顿在起居室的沙发上,我们三个人都喘了口气,可是没休息一会,我母亲就说她要上厕所。

"妈妈,你有纸尿裤。"我害羞地建议道。

"别扯些有的没的!你自己用纸尿裤试试。我不是来说笑的。我想去洗手间。"

我试图劝阻她,结果没什么用。然后豪尔赫抬起她,费了好些劲让她在凳子上坐着。我们走向洗手间。他从后面推着凳子,我在前面引导着方向,我的母亲则在中间。凳子被卡在了门口,在水池的高度,没有办法让她挪过去上厕所。豪尔赫再一次抬起我的母亲,我取下了她的纸尿裤,把凳子拿开,他用胳膊的力量扶住她,试图把她带到目的地。

"哦,上帝啊!救命啊!救命啊!简直是发生了一场灾难!"母亲说。

"什么灾难?"

在那一刻,我看到一大堆半流质和褐色的东西落在地板上。我看着她吓呆了。

"我拉在裤子上啦!"她惊呼着,带着被解放的感觉。

我不得不请求豪尔赫的原谅。我求他把她放回凳子上然后陪她回到床上,帮她清洗。我得清洗这一切,包括她已经脏了一半的鞋子。豪尔赫笑了。我感到惭愧,当然不用他来清理。

我曾经养了很多年动物,曾经有一千次遇到过一些狗或猫的呕吐物或粪便,但是从来没有遇到过我母亲的粪便。这完全是另一回事。我感到一种不安,一种前所未有的尴尬;在过去的几年里,她和我几乎没有互相触碰过,我不习惯这种突然的亲密关系,同时很害怕看到她在那种状态下衰老。我的老太太只是生气,因为她不能像以前一样活动了;她对在洗手间里发生了什么,对纸尿裤不感兴趣。

我深深地吸了一口气,希望能让自己平静下来。毕竟还没有什么严重的事情发生过。简单地说,依从我母亲疯狂的想法,让她坐着凳子去厕所是愚蠢的。她有纸尿裤。她可以就在那里小便。从现在开始,她得按我所说的做。就是这样。

她的身心不再服从自己的意愿,这些存留的意愿保持完整,甚至可能会更加顽固。我不得不制定一些规则。哪怕是她从未听过我的话，以后可能也不会听。我不应该只是单纯地照顾她，而要试着让她明白，在她的情况下做什么是对的，什么是错的，因为她在独自一人的情况下并不能再做什么决定。作为母亲，她一直很强硬；作为"女儿"，她很有可能继续这样。

所以，下午我去买了一台洗衣机。一直到几个月前，母亲还坚持要用手洗一切；如果我没有迅速让它们消失，她会把床单放在浴缸里，尽管她已经摔倒了，但她还是会用自己的方式来洗衣服。

除洗衣机外，我还买了一套成人纸尿裤，与儿童不同。它们的名字都取得很令人放心，比如尊严或宁静，包装上也没有粉红色的河马；当人们成熟的时候，就不能拿穿纸尿裤开玩笑了。相反会更加谨慎地来做这件事。那天晚上我留了下来，睡在妈妈的家里。

在医院，她隔壁病床的人告诉我，她从不睡觉，而是弄得一团糟。当我的耳朵听到这一团糟时，我意识到我低估了这种情况。这比我想象的要复杂得多。我陷入了一种令人沮丧的情绪，其名曰"恐慌"：一千种恐惧围困着大脑，使其无法思考，并竭尽全力让它瓦解。这是词汇表里的、也是精神病学家嘴里的词。

我完全不同意有人说恐惧有助于前进、让人不屈服。我有着不同的恐惧,而且通常我都屈服了。

## 第五章

### 另一名护工

另一名护工

我和母亲共度了一夜,这是几年后的第一次。为了防止她摔倒,我和洛伦佐将橡胶床垫放在她旁边,因为带侧护栏的床还未送来。

妈妈在打瞌睡。我停下来看着她,她很脆弱,显得如此虚弱。这是我第一次有了爱抚她的愿望。我没想到她的皮肤如此柔软,气味好闻。当我以为她已经熟睡,就关掉了灯。我躺回橡胶床上,握住了她的手。

她闭上眼睛没有几分钟又醒了,尽管我给她服了几滴氟哌啶醇,一种精神抑制药。她持续地说话,身体不能静坐,想下床去洗手间。凌晨2点左右,情况变得更糟,我又给了她几滴药。我躺到她的床上,把她抱在怀里,试图让她冷静下来。这一切都没起到作用。第二天早上,我意识到两件事:我母亲生活如在地狱,还有我爱她。这位老太太曾经摧毁了我一半的生活,曾经多次在沮丧的时刻,我曾希望她死去,但是,突然她变得对我来说不可或缺。我也意识到豪尔赫和我无法独自完成这项任务。我们需要另一个护工,因此也还需要些钱。

我问厄瓜多尔男孩他是否认识其他人。我希望我的母亲白天或晚上永远不会被单独留下,代价是我的经济上变得紧张。豪尔赫提起了梅拉。我立刻打电话给了她。

当我看到她时,被她的目光深深打动,她看起来比她20岁的年龄更成熟。她走近我母亲,轻吻了她的脸颊。

"你的白发多漂亮啊,安娜。"

从那时起她就在这里。尽管有这两位护工,我也总是待在母亲家里,她用自己美丽的坏脾气,以及她那种该死的焦虑,折磨着我们所有人。只希望她慢慢地适应新的护理条件,而不仅仅是需要我。

当她心情愉快时,她喜欢向孩子们教授米兰方言,他们则会让她用西班牙语重复几句话,说实话,结果不是很有启发性。妈妈从来都不是很爱好语言。几年前,当我的一位亲爱的佛教朋友邀请我们共进晚餐时，她在这种方面上的能力丧失已经显而易见了。当时母亲还会做饭，并且出于一晚上都不用围着灶台忙碌的想法，她一直很热情。

我的朋友迎我们进了她家，让我们坐在卧室里最里面的两把椅子上，而其他大概十几个人，跪在地板上祈祷。晚餐前，我们需要参加一个佛教的仪式。

大约10分钟后，我的母亲幸福地睡着了，头歪着，然后在第一次敲锣的时候醒了。

"噢，发生了什么？"

"闭嘴，他们在祈祷。"

"可是他们在向谁祈祷？"

"佛。"

"我不认识他。我们不是来这里吃饭的吗？"

"是的，你先闭嘴吧。"

之后，在晚餐期间——经过被第二次锣打断的另一次小睡后——客人们试图说服她要平静地生活。她只需要每天重复著名的南无妙法莲华经中的咒语，祈祷半小时就足够了。这样也可以缓解疼痛。她充满了善意，可不管是为了平静生活，还是为了缓解背痛，她都无法重复下来那句咒语。在以各种方式拼写之后，她得出结论，认为内心的宁静和身体的安康不值得付出努力。

另一个晚上,两个孩子坚持让她发出一个词的正确发音,经过几次尝试后,我母亲失去了耐心。

"现在你们已经让我泄气了。我的西班牙语说得非常好。只需在单词词尾添加最后一个s就够了!"

她笑了。我们也笑了。然后豪尔赫和梅拉为她洗了个澡,让她睡觉了。我去向她问安。

"我说法语就像一头西班牙的牛似的!"她告诉我。

当我看到她无忧无虑、渴望享受快乐并逗乐其他人时,就好像其他一切都消失了。我很高兴在她身旁。不过,我也不曾要求她会多种语言。她仍然会让我惊讶。我走近她,给了她一个晚安吻。有那么一刻,我想也许我应该为她读一个童话,让她相信一切都会好起来的。

## 第六章

一个女人和一个女孩

一个女人和一个女孩

**❝** 小吉娜，今年9月我要再次开始工作。我去做按摩。我不能一直这样无所事事。得再赚点钱。一点钱可以让你感到舒服。你知道，我的也是你的。"

听到这些话之后，我十分惊讶：我没想到我母亲现在可以讲出这些话。之前有一些征兆，但我不相信到了这个地步。抛开她的90岁高龄和处境，这种想法并非完全是凭空出现的。通过按摩，她很长一段时间都能赚一些钱回家。在20世纪60年代，如果有人问她是做什么工作的，她带着某种权威性地回答说："我是按摩师，有学位的。"她的"学位"一词，吐词非常清楚，用于强调某种专业性。

在那个无钱可赚的时期，我大概7岁，当时我

父亲对家庭开支方面的贡献不大，我母亲为了增加收入，曾在《晚邮报》刊登广告："专业女按摩师在家提供服务。"

广告一发布，她就接到了电话。他们问她的第一件事，就是什么价钱，以及她多大了。他们以为她是妓女，还是有学位的。广告上的用词引发了某些色情幻想。在接了第一个电话后，母亲意识到这种广告所产生的误解，一拿起电话，她就会一口气说出来。

"收费是5万里拉。"

"怎么这么贵？"

"因为我是处女！"

那时她已经决定了我的未来：我会进入表演的世界。她本来就非常喜欢参与其中，但与她一起生活是吃力的；所以她只是一味把自己的愿望投射到我身上，认为我会成为一名歌舞演员。

早上她梳理我的长发，头发打的这些小结扯痛了我，我因此呜咽着，她总是向我重复：

"吉娜，以后你出名了，就给我买一座漂亮的海边别墅。"

这两个目标我都没有实现，然而她却为了实现这些目标付出了一切。

得益于经济独立,她让我学习了唱歌和钢琴:

"你应该变得全能,小吉娜。"

意思是我必须学会很多事情,从唱歌到跳舞,从表演到演奏多种乐器。

每天下午,我们都会去皮诺蒂大师的画廊,那是当时的一家教育机构。他有着非常尖的耳朵和像我母亲一样斜视的眼睛。在米兰的寒冬里,由于我非常专心,又容易生病,我妈妈陪我打车去上课。我还记得那个绿色和黑色旧车里的气味,经常在我下车的时候让我有点恶心。

为了给我支付各种私人课程,包括同时加进来的吉他课的费用,她疯狂地工作。她在我们家里,具体来说是那张双人床上开始工作。有相当多的优秀女士按响了我们的门铃,以期有减肥的效果。她们的期望得到了满足。母亲让她们坐下,开始按摩。持续一小时,在她们丰腴的身体上,弯下腰按摩,不知疲倦。有一次她的力气大得将床弄坏了,后果是那晚我父母睡在摆在地上的床垫上。很多年后,她决定买一张专门用来按摩的小床,比双人床高一些。不过太晚了,她的背已经劳累不堪。

在几乎半个世纪以后,我母亲又突然提出了做按摩的想法。我看着如此糊涂的她,流着眼泪,给洛伦佐打了电话。

"你怎么哭了?她在90高龄还有着去工作的愿望,是多么有福气!"

"可她已经失去理智了。"

"那她的理智什么时候在过呢?"

事实上,我不得不承认妈妈一直有点古怪。洛伦佐无数次地向我说起,问题不在于我母亲,而在于我。

"你不想接受正常状态。90岁时,这些事情再正常不过了。当你和妈妈在一起时,你必须脱离自己的大脑。你不能想得太多了,而是要无意识地做事。"

这是什么意思?我不明白这个无意识的事情。或者说我理解她,但我对如何将其付诸实践毫无所知。也许我们女性与男性差别很大。唯一可以肯定的是,继续看到我母亲处于这种状况会毁了我。我永远无法接受它。

下午我去了超市,来分散自己的注意力。我买了第无数盆常春藤,我也喜欢植物。多年来,这些植物们占满了我们的屋子和阳台。我的母亲每天都会和它们说说话,她相信这些充满爱意的话语的浇灌,可以让它们活很长时间。可相反,它们一棵接一棵地死了。她意识到它们已经死了,并不是因为她能看到,而是因为用手触摸它们时,感觉它们干枯或叶子掉光了,于是把它们扔进了垃圾里,责骂它们。她一直都将植物们的大批死亡归咎于自己。

经常待在超市的这段时间里,我已经养成了读标签的习惯。所以我发现棕榈油到处都是,包括坚果里也有。我曾经读到过,它对身体很不好。它停留在动脉中,增加血液中脂肪的浓度,容易导致心血管问题,触发动脉硬化、糖尿病以及其他乱七八糟的病症。必须得因什么东西而死!死?我甚至不想听她提到这个词。我们必须活下去。尽可能长寿地活下去。

说到活下去,我们购入了一个漂亮的单人沙发,打折"仅"售1000欧元。它有两个引擎:第一个控制背部和座椅,另一个控制脚凳。另外我还买了一个褥疮垫,由软橡胶泡沫制成,用泵来打气,450欧元。而且,它是"顶尖款"。这是售货员告诉我的,并强调这不是中国产的,而是美国的,这就是它这么贵的原因。没关系。这意味着我得做点其他事情。"向前冲啊!"正如我的老太太所说。

当我像往常一样回来时,我眉飞色舞向她打招呼,为了给她一种一切安好的印象。

"我美丽的妈妈,感觉怎么样?"

"当你叫我妈妈时,我是多么喜欢啊,小吉娜。"

"所以我也告诉孩子们,让他们这么称呼你?"

"不,我只希望你这么叫我。"

当我告诉洛伦佐时,他温柔地看着我,然后他只叹了口气:

"不错。"

我被感动了。发生了些令人难以置信和非同寻常的事情:我正在认识另一位母亲,她比以前更让我欢喜。我被她的一些小动作所感动。比如,她摸索着找到我的头,如此轻柔地抚摸着,像是害怕伤害到我似的,或者将我的手握在她的手中,又忽然把它带到嘴边亲吻。

"妈妈,我可不是教皇。"

"在我心里,你比教皇更重要。"

有一次,我在离开之前走近她,想给她一个吻,她扭过头,用耳朵来对着我,仿佛她是出于羞怯而想要躲开。而现在呢,当我回到家时,我跑向她,她会在我的脸颊上响亮地吻上三次,仿佛被强烈的激情所驱使。一声轻叹,一个字,一个微笑,以及她诙谐的灵魂,都呈现在我眼前,我品读着,就像是有着X射线仪似的。她持续地消耗着我的精力,但是让我开心不已。

# 第七章

## 愤怒的晚年

**愤怒的晚年**

我必须保持冷静、平静和从容。言语空虚，毫无意义。我只是在持续紧张的状态中生活，这对我、我的母亲，甚至我的胃食管反流都没有帮助。这个夜晚没有给我任何喘息的机会。我应该像洛伦佐建议的这样做，将自己更多地置身于事件之外，少为她痛苦。痛苦导致我不安，不安导致焦虑，焦虑导致苦闷，苦闷导致反流，尽管我已经远离了大蒜、洋葱和番茄。

此外，我母亲也一直非常担心我。她的第一个孩子吉安皮耶利诺遭遇了可怕的不幸以后，她试图尽可能地让我待在温室里。比如说，她不让我去幼儿园，因为担心我会发生什么意外。10岁前，在冬天，她给我穿上两件羊毛衫，怕我生病，结果便是我一直多病。

然而，痛苦与否，现在我都在担心我的母亲。她睡得太多，状态也不好。可能在血液中累积了镇静物质，或者患有肺炎，或者需要输血，仅仅通过一次简单的看病，还不足以理解是什么状况。我不知道该怎么做，就像她的医生一样。

今天我和她共进午餐，她一直在她美丽的遥控轮椅上打盹儿。为了不再看到我的另一个新闻节目，她每次都要与我就这个电子设备进行激烈的争论。我开始换台，之前我从来没有这样做过。几分钟后，我发现了其中一个节目满是一些过度活跃的老年人。虽然他们年龄在90到110岁之间，但他们却在不断运动：垂死的人打牌，有人组织前往异国的大巴旅行，其他人则通过跳桑巴舞和恰恰来消磨时间。但是去哪里找到他们呢？我感到一种无法控制的欲望，就是搬起电视机，从五楼扔下去。

虽然我希望每个人都有幸福的存在，但我不明白为什么我们经常会给出一个"第四"人工时代的形象，这一时代属于少数的幸运儿。我想这是源于观众的恐惧。如果屏幕上出现衰弱的老人，你会立即想要换个频道，因为你会想："天哪，我家里已经有一个了……"并且，如果你家里没有，你仍然会感到印象深刻，因为它在提醒你，有一天你会变得像他一样。

大家可能没有意识到，在未来的几年内，意大利会出现真正的全国性的紧急情况。大量的女性，如果在照料管理父母或祖父母时得不到国家的帮助，就会生活在抑郁和焦虑之中。这就是现在正在发生的事情。与北欧的女性相比，我们的身心状况显然更具风险。与此同时，电视里的老人们居然还在跳舞。

我记得几年前的一个片段。当时我的母亲83岁，很长一段时间里给我造成了很多问题。我正在准备她的午餐，一如既往地一起听电视新闻。因为讨论电视新闻是一种家庭习惯。我们弄得一团糟，以至于我们几乎都不了解当天的事件。在新闻结束时，播出了一则消息，一位女士为庆祝她的100岁生日，想出了跳降落伞的好主意。但当她接触到地面时，是如何不摔个粉碎的？考虑我母亲的骨质疏松症，我保持怀疑。

这位兴高采烈的老妇人并没有粉身碎骨，因为她压根儿没接触到地面：整个跳伞过程中，她被一位英俊的年轻人牢牢地抱在怀里，在着陆时迎接他们的是一张垫子。在例行的称赞之后，采访记者非

常热情地问了这位年迈的跳伞者一个重要的问题，即如何庆祝她的百岁生日，她说她想要重新再跳一次。

我的老太太很感动，泪流满面。

"我的妈妈也可以这样……"

有那么一刻，我将她定位在一位83岁的母亲和100岁有潜力的祖母之间。

"我们只缺这个了！"我大声说，"我发誓，不然就用平底锅给自己脑袋来上一下。"

我妈妈立刻停止了哭泣。

"你说了多少谎了？"

你说了多少谎了。"谎言"这个词是她的最爱之一。除了她之外，大家都有很多谎言。

我试图让她明白，在一个百岁老妇的背后，有一个女儿。如果她还活着，我会不遗余力地让她保持这种状态。作为回应，她摆出架子：

"不要说话！"她抬起眼睛看着天空，与上帝分享她认为的我的第一个"誓言"。

是的，我承认。当我看到这些胖胖的老年人时，我羡慕他们的孩子和他们所拥有的好运。嫉妒，这种本能的罪恶，似乎是人类发展竞争的基础；它消除了冷漠，让我们活着。然而，我的嫉妒并不是因为拥有撒丁岛的越野别墅,或是我根本不穿的名牌服装。我的嫉妒是最温和的那种。它的对象主要集中于两类人:没有汗毛的妇女,以及双亲明事理且健在的儿女们。

一个例子是我未婚夫的母亲。现在她已经去世了,但在当时,她为差不多50岁的儿子做了一大堆事情。洛伦佐一脱下衬衫,她在几个小时内就完全洗净,熨烫并加香。袜子是,内衣也是。我知道这是她体会自己存在感的方式;洛伦佐他很幸运!谁知道他是否曾经意识到他所拥有的财富。

在生气勃勃的老年人的节目结束时,我正在回忆我的母亲,回忆她状况仍然很好的时候,在那一刻她醒了。

"对不起,吉娜,如果我让你发疯的话。"她低声说。

我感觉肚子紧了一下,而并不是胃食管反流。在她的一生中,她从未向任何人道歉。我在她的脸颊上吻了一下:

"你胡说什么呢,妈妈?我在这儿,像玫瑰一样新鲜!"

实际上,作为这个年龄的一朵玫瑰,我的花瓣都掉了,但我没有太多机会。自暴自弃是没用的。

当她说我有很多谎言时，是说对了。也许我应该消除几个。不是全部，只是一些。但是我从哪里开始呢?

听传记文学感悟人生
读暖心故事治愈心灵

# 第八章

## 童谣

童谣

豪尔赫注册了健身房。几乎每天下午他都会花两个小时来锻炼肌肉;梅拉目前很喜欢自己的状态。我告诉他们要独立管理收入和支出,最重要的是妈妈要时刻处于我们关注的中心。

有时候孩子们会吵架,我不明白原因,但是这会带来紧张感。

午饭后,我在老太太家里留下来,花一些时间为她做记忆训练。我将实用性和趣味性结合在一起,通常从古老的米兰童谣开始。

"一二三……然后呢,妈妈?"

"小皮皮喝咖啡。"

"边喝咖啡,边吃巧克力。"

"小皮皮怪里怪气。"

"很好。三根长长的鞋带儿……"

"勒死了一个奇怪的小巫婆。"

"非常棒，接下来我们说……"

"没了！我们不说了！"

母亲很快就厌倦了任何事情，有点像一个反复无常的孩子。她不断地希望我们可以谈论不同的话题，没有片刻的喘息。我没有灰心，向她解释童谣是为了她的健康着想，让她别变成老糊涂。

"多少都没用。给我一块西瓜，吉娜。"

"但是我们现在是冬天，西瓜是夏天才有的。"

"我明白了，一块你都不能给我？"

"不能，妈妈。"

"太遗憾了。我真的很想吃。"

她挠了一下手，好像找我要一块西瓜没什么大不了的。如果我对于她的精神状况很乐观，我会很平静地回答她。但事实上，我总是要回答她一些她所能问出的最无聊的问题。

"我刚已经告诉过你，西瓜是不可能的，你不记得了吗？"

如果她记得的话，她的脑袋就称得上是灵光了。一如既往，我不能屈服于她的遗忘。我怀着无限的耐心，向她解释在不同季节中的水果，并确保她明白我的问话。

"现在,妈妈,我给你做些小测验,你开心吗?"

"小吉娜,别哄我了。你知道我不需要做测试,我头脑清醒着呢!"

"正因为如此,我们要保持这么清醒呀。秋天有苹……"

"……果。"

"冬天有橘……"

"……子。"

"春天有杏……"

"……子。"

"夏天有西……"

"瓜。你看,是有西瓜的!快给我一块儿。"

我非常后悔提起这个名字,而且越来越恼火。我继续讲述这些季节性水果的小故事。当母亲发自内心地喊出她所渴望的时候,我连继续说下去的机会也没有。

"如果一个人想继续的话才可以,否则他可以不再继续。"

这是典型的米兰话。母亲声称这只是一个建议:要跟着自己的心意走。

在她的爆发面前,我的一部分变得愤怒,而另一部分则很高兴看到她依然活跃。这给了我希望。每天我都会试着通过童谣、乘法表、祈祷、日期、谚语、歌曲、朋友的名字、熟人、过去的情节等各种内容,让她的记忆变得活跃。我想让时间停止,并让她永远保持现状。既不好也不坏:就这样。

**第九章**

恼火

恼火

**今**天不是很顺。我不是说我妈妈。我在说自己。尽管在各方面努力坚持、随机应变,但今天我有一种明显的感觉,被屁股上的痛苦压碎了。我的一位苏格兰前男友,一位舞蹈演员,在我们灾难性的同居期间,每天当他在晚上达到酗酒的高峰时,都对我咕哝道:"你是屁股上的痛苦。"这是字面上的翻译。换句话说,一个混球儿。现如今,我有很多被打破的谎言。这一摊子事情使我的灵魂处于动荡之中。实际上这事儿只有两样:我的母亲和钱。总逃不过这些话题。

　　在我们日常争吵的日子里,有一天,我告诉她我不能陪她,得去上班了。她用一种不能更悲伤的语气恳求我:

"我可以做任何的事情,只要你别离开。"

她类似的话语里带着许多天真,几乎能让我笑起来,也是多年来一直使我留恋的一部分。我立刻安慰她,我不是认真的。毕竟,跟随剧院巡演已成为我最后的想法。幸运的是,前段时间我开始为Mediaset电视台做一些电视推销,在部分频道播出。但现在我们的合约已经快结束了,我的面前什么也没有。在最近一段时间里,我非常执著于金钱,不知道每天会多少次表达自己对金钱的想法,甚至相信吸引力法则,即当你热切期待一件事情时,它就迟早会成真;即使我怀疑它并不是十分有效。

除了经济方面,这些电视广告的另一个积极方面是与导演劳拉·齐亚索尼的会面。她拍摄得很好,做事方法让人很有安全感,思想开放。在录影间隙,她注意到我频繁使用手机处理大量的事情,我告诉她自己的生活所陷入的混乱,这种倾诉似乎是正确的。

凑巧,在这期间劳拉正在拍摄一部关于老人、孩子和护工的纪录片,因此她忍不住来到我们家。她对我母亲是如此着迷,我们寻常争吵和大笑的时刻,都被她拍摄了下来。

我母亲尽了最大的努力,尽可能地展示了她的和蔼可亲。她设法让你发笑,但却能看到她有些令人痛苦的东西。她戴着她永远不想摘下的3D眼镜,因为戴着它,自欺可以看到我们。这是豪尔赫和梅拉的礼物。有一个星期天,他们去了电影院,想到母亲已经弄坏了两副眼镜,因为她甚至不想在晚上摘下来,他们想出来一个主意,让她戴上塑料做的,哪怕是弄坏了也不会划伤皮肤的眼镜。母亲从不表达她的不幸,她总是期待,换眼镜时会发生奇迹。

所以我们去看的每一位眼科医生,都发现自己面前的是一个想要不惜一切代价重见光明的女人,即使是毫无用处,也还是为她配制了新镜片。

在结束对我母亲的采访之后,因为我不想在她面前讨论,劳拉和我去了我的新工作室。最后我离开了我38平方米的旧工作室,搬到了20平方米的新工作室里。我正在取得很大的进步,毫无疑问。

几分钟后,我看着相机,十分平静地说话,然后感觉到第一滴眼泪掉落,接着是第二滴、第三滴。在我的生活中从来没有这么可悲。我讨厌它!我没有什么可以来对抗痛苦,甚至我觉得放任自己流泪是正确的,这是消除累积的痛苦的一种方式,不过最好是私底下、当你独处时哭泣,而不是在别人面前,特别是如果他们手中拿着相机的时候。有一段时间,经常有一种想法困扰着我:告别的那一刻何时到来,我将有力量支持我母亲吗?或者,像往常一样,我会开始在旁边啜泣,而她呢,会害怕吗?

在与我告别时,劳拉告诉我:

"你的母亲让我想起Sex Pistol乐队里的席德·维瑟斯。"

迟早我会问她原因的。因为在这样的朋克代表和我妈妈之间,我看不到什么相似之处。

像所有的生日一样,我回来与她共进午餐。她非常激动,又有点沮丧。

"我想死,杀了我,吉娜。"

一旦她开始这样说话,我就试着用其他话题分散她的注意力;但今天我没有成功。她突然给我一种重大的精神打击,我不得不尽力应付。

"你对方法上有什么偏好吗?"

"我无所谓,把我扔进运河里吧。"

"太冒险了。最好是我把你切碎。把你放进锅里煮,我可以做出一些肥皂拿去卖了。"我说道,与此同时看出她渐长的愤怒。

"你能对你母亲这样做吗?"她大声喊道。

"但是,是你自己说的你想死……"

"这是什么意思?说是说,做是做……"

她并没有丝毫死亡的想法,只是想来试探我,衡量我对她的爱。

泰伦斯·马利克的《生命之树》中有一句非常美妙的句子,让你感觉与宇宙和谐相处:"幸福的唯一方法就是去爱。如果你不爱,你的生活将会在瞬间逝去。"不幸的是,虽然我爱过,且依然爱着,但我并未感觉到生活有任何变慢的趋势。

超市收银员也记住了我。为什么总是发生在我身上?在认出我的声音之后,她获得了一些信心,还记起了几年前我在韦亚内罗之家的情景喜剧中扮演了一个固定的角色。从那时起,她一见到我,就会让我大笑,并问我最近怎么样,我总是回答说挺好的。然而,今天早上,我的回答一定是没什么说服力,以至于她继续说道:

"我看你有点疲劳。"

"是吗?"

"你睡得不好吗?"

"没有啦……"

"但你看起来脸色不太好。"

她保持着美丽的笑容,同时拆穿了我。我发誓下次见到她时,我是不会让她开口说话了。我会卡着时间告诉她,自己感觉糟糕透了。我想知道那样她会怎么回答我。

我一走进自己的一隅之地,电话铃就响了。正是梅拉打电话来抱怨豪尔赫的,他并没有像自己该做的那样帮助她:他妄想要做很少或不做工作。我的手臂晃了晃。我打电话给豪尔赫,自然而然他会否认这一说法。

不久之后,我遇到了我的朋友弗朗切斯卡,她是我的小学同学,与她在一起的还有她的女儿卢克莱齐亚。我突然有一个想法:如果我有一个女儿也会很好。真是疯狂的想法,正如人口统计学家所说的那样,我的"生育事业"已经结束很长一段时间了。

事实上,大约38岁时,我曾想过自己生一个孩子。长期以来洛伦佐一直问我这个问题,我相信他会成为一个伟大的父亲。但我总是因为工作、抵押贷款之类的问题推迟这件事,我的母亲现在也独自一人。当我最终决定了的时候,却怎么都没能成功。我的催乳素,也叫压力荷尔蒙,太高了。哪怕我降低了它的水平以后,依然没有成功。有一段时间,我跟一位妇科专家讨论了不孕问题,经过几次就诊以后,我与母亲发生了很强烈的冲突,据医生说,这就是我无法怀孕的原因。到了42岁时,我完全抛弃了生孩子这个念头:抵押贷款现在已经还完,但我既没有想法,也没有时间。不过我没有很大的遗憾。显然,我对母性的渴望并不那么强烈。

命运开了一个奇怪的玩笑,现在我仍然有了一个所谓的"女儿"。我不知道在我的老太太这里,我是不是一个好母亲。我竭尽全力,总是想着对她好,可在印象里自己却还是犯了很多错误。我在漂浮着,只是希望触到地面。

# 第十章
## 老太太的康复计划

**老太太的康复计划**

妈妈需要做理疗了。她的双腿开始无力,现在每次豪尔赫把她抱起来的时候也是死沉死沉的。然而不久前,她还能自己支撑着站起来,虽然也就只能坚持个几秒。我知道她应该是再也走不了路了,但是如果扶着助行器的话,她兴许还能够因为些许的自理能力而感到欣喜若狂。我仿佛都能听见她对着我兴奋地大喊:

"小吉娜……我跑得跟火车一样快……这东西太棒了!飞喽!"

无论如何我还是得试一试物理疗法,有一个认识的朋友也许能帮得上忙。我其实是一个很难开口去求别人帮忙的人,但就冲着我们家老太太以前老挂在嘴边的一句话"人尽其才,物尽其用",我已经做好准备，无论要做怎样荒唐的蠢事我都必须要得到，用她的话来说就是"我依法应得"的东西。年轻时她直接给我争取到了一个去电视台节目试镜的机会，当时这个节目的主持人比伯·保多正在找一个既会演戏又会唱歌跳舞的女孩。那不就是我吗！况且我年龄也完美地符合要求：18岁。

我记得试镜的时候我跳了一段塔塔和查克·韦德编的踢踏舞，这两位可是当时意大利最厉害的舞蹈老师了。我跟他们上了很多年的课，到现在每次我跺脚的时候，虽然无法媲美弗雷德·阿斯泰尔这样的舞蹈大师吧，但能看出来我的舞蹈功底还是挺扎实的。现在回想起跟保多试镜的时候，我仍然没搞懂我这个所谓"物尽其用"的母亲是怎么拿到人家的电话号码的。所以在之后的每个星期里，她都要逼我在早上9点的时候打个电话给主持人问试镜的结果。这样的折磨持续了大概两个月，而在这两个月里保多一直都表现得十分绅士，也从来没有叫我滚蛋。终于，在一个美好的早上我知道了结果：这个"全能少女"的角色被取消了。我不知道要怎么告诉母亲，毕竟她把这件事看得那么重要。但当她得知这个结果之后，却只是轻描淡写地说道：

"别放在心上。"

直到现在,每当我跟她说到一些我觉得不理想的事情时,也许是在故意跟我怄气吧,她仍旧会用同样不痛不痒的语气对我说这句话。

不过从那时开始,多亏了我妈,我一接到跟工作有关的电话就会焦虑。比如每次我打预约电话的时候,我就会开始无休止地倒数,一边数一边不停地改变主意。然后当我终于确定下来了之后,我还要费很大的力气把话说明白,这就好像一种自我施加的暴力一样,这通电话自然变得十分糟糕:我开始结巴,不停地口误。重要的是我如果应聘的是演员的工作,上述表现简直就是在打自己嘴巴。总之,这一切我都要独自承受。

感谢上帝,这会儿也不用打什么工作电话,我只需要打给那个朋友就行了,问问她能不能推荐一家离我们家比较近的老年康复中心,好让妈妈住进去。

她几年前想要保持身材,就住过类似的康复中心,当然这个主意也是我提出来的。我们在等待名单上大概排了8个月的队才接到这个康复中心的电话。又在我苦口婆心的劝说之后,妈妈才妥协接受这个安排。每天早上9点会有大巴车接她,到了康复中心在健身房里待一上午,吃过午饭后下午再由大巴车送她回家。在那里工作的一个看护跟我说过，所有的病患都喜欢和这个老太太坐在同一张桌子上，因为她实在太逗了。很明显妈妈成了众人瞩目的焦点，但大家对她的关注度并不足以让她留下来。这个疗程持续了差不多一个月，然后又过了15天她表示自己已经听够了那些"屁话"，无论我用什么办法都没能让她改变主意。她觉得那里的食物不是很合口味。

事实是，我妈她讨厌老人，尤其是那些身体不太好的老人。

"那里的老人比我还差劲，都是一些该躺在教堂里的人了。"

该躺在教堂里，意思就是"将死之人"。我妈她可不一样，每次我问她身体好不好的时候，她都回答说好极了。后来我就不停地问她，幻想着能有这么一次她会给出不一样的回答。

我去了之前朋友推荐的那家康复中心，想了解一下这个复健治疗要持续多久，再看看还有没有床位：整个理疗的过程大概要持续3周，还要具体看妈妈的康复情况。整体还是挺棒的，只是如果排队等床位的话居然要排一年，我还真得打电话给那个朋友请她帮个忙了。

这段时间那个导演劳拉·齐亚索尼也给我打了电话，告诉我说她看完之前和我妈妈拍的那些片子之后，就闪过一个念头，想拍一部关于我俩的电影。关于我俩的"亲情"，关于我俩能够赤裸裸地互相摊牌自己内心的不满然后又一笑置之的能力。她甚至都已经在构思剧本了。

我不想对这件事情抱有幻想，因为我已经想过尢数次了。我非常清楚不可能有制片人想做这部电影，谁会愿意投钱到"垂死的老太太加天真爱幻想的大龄女儿"这样的一部电影里呢？但是谁又能想到其实我妈还真的挺逗的。

我还是会做做白日梦的，我妈也做，唯一不同的是我的梦不像她的那么聒噪：晚上睡觉的时候这个老太太就会发出各种噪音。我都不晓得她的脑子里到底都发生了什么事，但是只要她一醒来简直就是人间炼狱。她会开始不停地说胡话，不停地喊你做这做那。小孩都没她那么让人心累。这几天我约了一个老年病的医学专家来看看她，我现在就只能盼望着世界上能存在这么一种药，能让她安静一些。

我也想偶尔可以不用这么操心她。我的每个神经细胞都在疯狂活动，说不上来为什么，但我就是能感觉它们在沸腾。也许洛伦佐说的没错，我也得放空一下自己，但是有什么办法呢？无论我做什么事情，系鞋带，读报纸，甚至是我在洗澡的时候，我脑子里都不停地会想到我妈的事情。

我记得20世纪60年代Equipe 84乐队有一首歌是这么唱的："我一睁开眼就开始想到你！脑子里全是你！脑子里全是你！每个清晨，噢，噢！每个傍晚，噢，噢！每个深夜，都是你。我的脑里有什么，我的鞋里是什么，我也不知道……"。我倒是知道那是什么，那叫做强迫观念。好歹主唱毛里奇奥·万德利是为了某个女孩儿而痴狂。我呢，同样的歌词我居然只能用来歌唱我妈。不行，这样下去不行。我们之间存在着某种不健康的关系，这太病态了，就好像连结我们之间的那条脐带从来没被剪掉一样。我再也不是一个小女孩了，我是一名成年人。我也该为自己考虑考虑，这哪是一个52岁的人该思考的问题？

我现在要给那个朋友打电话了。她有关系，我确定她应该能帮到我。但是我还是把那首歌唱完吧："我想要离开，噢，噢！远走高飞，噢，噢！我不想再想起你，但，我又情不自禁！"简直是一场噩梦。

## 第十一章

生日

生日

**"**你知道你今年几岁了吗,妈妈?"

"不知道。你也别告诉我了,我会害怕。"

我们家老太太居然畏惧时间。我可不怕,至少现在还不怕。只是觉得有些失落,这倒是有的。随着时间渐渐地消逝,我总有一种感觉,觉得所有的一切都在离我远去。

"你只能追啊,追在后边跑。"追着时间跑,我给她说这个感觉的时候她就是这样建议的。

但是今天我们要庆祝一下,毕竟这段糟糕的日子我们也熬过去了,也该奖励一下自己,尤其是这个老太太。我和洛伦佐给她买了一瓶香槟和一个覆盖着生奶油和巧克力酱的蛋糕,刚好适合没有牙齿的她。

"妈妈,你想不想来一块美味的蛋糕?"

"不,小吉娜,我不想。"

她从来就不会不想吃甜品。她很沮丧,更奇怪的是她异常的安静。也不知道为什么,我突然想到要给她跳一段生日舞。我们家里从来都不喜欢各种纪念日,即使年轻的时候也不喜欢。

小时候妈妈就总是送我各种礼物,没有任何来由,她乐意。她给我买了衬衫、裙子、小毛衣,还有各式各样的内衣,她喜欢这么做。她特别喜欢逛我们街区的一家服装店,那个老板娘吉娜阿姨是她的朋友。每次店里一到新货,她就会立刻通知我妈。然后我妈就会兴奋地来到店里,想着要给我买些什么。结账的时候先给一部分头款,剩下的部分再分期还。

我还没来得及打开家门,就能听见母亲远远地迎接我,说:

"吉娜,送你一点小心意。"

她特别开心,而嘴里说的那点"小心意"可能会是一件丝质的上衣,或者是蕾丝的、纯棉刺绣的,又或者是一整套内衣。我还记得有两条内裤,前面有用鸵鸟毛做的黑色绒绒球,还有一条豹纹的文胸,很适合像她那样胸大的女人。

后来吉娜阿姨的服装店关门了，对母亲来说这可是一次沉重的打击。当然也有别的服装店，但都太远了。我也终于可以买到我自己喜欢的内衣：黑色的内裤和文胸。

几个月后，吉娜阿姨的商店被一家美妆店代替了，我妈又可以给我送些"小心意"：面霜、身体乳、手霜、香水、玳瑁梳子——镶了玻璃水晶的，又或者装饰得亮晶晶的。她甚至花了28000里拉买了一块外面绑了个蝴蝶结绸缎的香皂，我气得不行，她不能再这样挥霍无度了。可虽然我妈花了那么多的钱，却也从来不是为了自己，而是给女儿花的。现在也该轮到我来好好宠宠她。

有人按了门铃，是我们的一个朋友。门一打开，她就径直走向我妈。

"祝福你，安娜！祝你91岁生日快乐！"

"我都这么老了？"她问。

她坐在遥控轮椅上，神情慌乱，然后像往常一样开始挠自己的胳膊。她挠得很用力，好像故意想把自己弄伤。我轻轻地接过她的手，用我的双手包住，好让她感觉到我就在身边。我揉了揉她的头，想让她不那么沮丧，她喜欢别人按摩她的头。然后我在她的耳边轻轻说道：

"只要活着就永远都不嫌老。来，妈妈，跟我说一遍。"

她重复了一遍，两遍，三遍……直到她脸上泛起了害羞的微笑。

"那你觉得自己到底有几岁？"

"50。"她有些迟疑。

"那我们几乎同岁呀！妈妈你还是个少女嘛！"

原来她也和我一样，觉得自己脱离了实际的年龄。看见我们家的老太太仍然想重拾生活，我有些欣慰。

"上帝会保佑你的，小吉娜。"她对我说。每次我鼓励她的时候她都会这样说。

虽然如此，她其实也并不是一个十分虔诚的教徒。她最近一次去教堂是去拿圣橄榄枝，出来的时候她一脚踩空，从楼梯上滚了下来。我还是不要接她的话了，免得又提起这个事。

开始庆祝吧！我给她斟了点酒，她一眨眼就喝光了。我只好又给她倒一杯，因为她觉得自己被骗了，完全不记得她才刚刚喝过。吃完第一块蛋糕后，因为她觉得我之前给她倒酒很不情愿，她也要"吝啬"一点，只给我很小一块。又来了！我们又开始争执刚才倒酒的事情。就在我快要失去耐心的时候，她说了一句话让我愣住了。

"小吉娜，好歹你现在还有我这个老太太在你身边疼爱你。"

我不知道怎么回应这样的表白。面对这个像小孩儿一样的91岁老太太，我只好接受这份"勒索"。她要性子也仅仅是想多吃几块蛋糕，多喝一杯香槟酒。我只好让步，因为我知道小孩还有时间成长，可老人没有机会再活回去了。我只好妥协，因为只要看到她开心我就开心。所以我马上就又给她倒了一杯香槟，即使她一口气喝光也没关系。她不知道什么叫小口呷酒，她可能没机会知道了。生日快乐，妈妈。

# 第十二章

## 第一次，也希望是最后一次

第一次，

也希望是最后一次

**多**亏了我朋友的帮忙,我妈总算是住进了康复中心。我并不觉得托关系把她送去康复中心有什么好羞愧的,正所谓"人尽其才,物尽其用"。

我给这个"关系"的姐夫的表哥的老婆的外甥打了通电话,马上就空出来一个床位。我妈要和另一个阿姨一起住一间房。这个阿姨抱怨了很多次我妈晚上根本睡不着,还要把整个住院部都吵醒,连护士都没法睡。白天的时候我们都尽量不让我妈一个人待着,轮流陪着她,从早上7点到晚上9点。可惜晚上医院不许任何人探访或陪同。

虽然我自己也很犹豫,但还是和洛伦佐一起离开去了的里雅斯特。我并不想把妈妈一个人留在康复中心，但同时我也对我的未婚夫感到十分歉疚。所以我坐上车，还是离开了。可才刚开出一百多千米，我就意识到接下来三天会十分难熬，简直是一场折磨，因为我脑子里只有我们家的老太太。我不停地给护工打电话问她的情况，跟她聊天。可我听不清楚她在说什么，嘴里含糊地嘟囔着一些话，完全没法理解。我熬过了一个糟糕的夜晚，直到凌晨才感到倦意。快到7点的时候洛伦佐的手机响了，是豪尔赫打来的。我感觉是不是发生了什么，可是也没敢问，我们要赶回米兰了。

我慌慌张张地把我们带过来的行李收拾一通，洛伦佐把猫放到笼子里安置好之后，我们就出发了。我们也很担心猫，因为这只猫也是我的责任：是我把它送给洛伦佐的。的里雅斯特离米兰也太远了，有足足450千米。我决定还是给豪尔赫打电话问清楚情况：妈妈昏迷了。

过了一个小时我接到了一个电话，是圣保罗医院急救中心的医生打来的。她先是确认了我没有在开车之后，才跟我说妈妈目前处于昏迷状态，而且很有可能我已经来不及去见她最后一面了。起因可能是中风，但现在情况还不是很明朗。

果然命运弄人，我和妈妈形影不离地生活了将近一年，我才刚离开一天她居然就要死了。不能这样对我。不行。我还没来得及告诉她我的愿望，还没能给她唱一段小曲儿，还没能跟她"耍宝"逗她开心，一切的一切都还没做。

这是我度过最长的旅程了，感觉像开了一万千米，心里懊悔不已。我又打了个电话给护工，请求他们握住妈妈的手千万不要放开，我不希望她死的时候感觉自己被遗弃了。当我们终于到米兰的时候，我的老太太还没离开这个世界，我觉得她一定是在等我。下车的时候我太着急没站稳，跟跟跄跄跑到急救中心的入口。妈妈躺在一个帘子后面的担架上，医生、护士、病人和家属在她周围来来往往。我哽咽，上前抱住她，亲吻她。

洛伦佐反倒异常冷静，不停地安慰我说妈妈只是睡着了。我咽下想要掐死他的冲动，调整好呼吸坐在妈妈旁边握住她的手，开始对她说话：

"妈妈，我来了。你别一声不吭地就走了。"

过了三个小时我仍然蜷在那里和她说话。快到半夜的时候洛伦佐把支离破碎的我带回家，留下豪尔赫在医院守夜，随时准备打电话给我告知情况。

到家后我一头倒在枕头上，脑袋一片空白，很快我就睡着开始做梦。我梦见妈妈被关在深水下的笼子里。她挣扎着想出来，可用尽力气就是不行。突然不知怎么地，我能够到她了。实际上我连简单地浮在水面上都不会，太神奇了。我把笼子打开，一起游上水面。

快到早上6点的时候我醒了过来，还是没有接到电话。我匆匆忙忙赶到医院，看到豪尔赫在旁边睡着，妈妈还是像昨天一样躺在那里。

我在她耳边轻声说：

"你好，亲爱的妈妈。我还在这里。"

"我也在。"她用一丝微弱的嗓音回答我。

## 第十三章
## 电影要开拍了

电影要开拍了

几天前我在家附近的酒吧里见了劳拉·齐亚索尼和罗莎电影的执行制片人马可·马非。马可是一个独立制片人,意思就是他也没什么钱。不过他也加入了这个电影的制作计划,表示想将它制作出来。我们一起讨论了一下剧本,大概分成三个部分:纪录片、舞台剧片和剧情片。我根本就没听懂他们在讨论的内容,我只知道听完马可跟我表明劳拉会小心谨慎地还原我和妈妈的日常,我就已经非常感动了。我自制力几乎为零,甚至低到负值。

总之后来我跟妈妈说到要拍这个电影时,她问我的第一件事情是报酬高不高,还是说是义务劳动。她什么时候变得那么贪钱!这只是她的玩笑话,她其实很高兴,而且她也一直想当一名艺术家。

劳拉昨天下午来看我们,而且马上就和妈妈建立了很要好的关系。她坐在一个角落里,建议妈妈忽视她的存在。可惜这个建议几乎没有帮助:妈妈表现得像个哨兵,正襟危坐,悄悄地观察劳拉的反应。但几分钟的暗中观察之后妈妈很快就忘记了外人的存在,开始做回自己,毫不掩饰情绪:激动、生气、开心、难过、搞笑、绝望、忧郁、讽刺、刻薄。

"妈,年轻的时候爸爸有没有给你送过什么东西?比如香水、珠宝……"

"绿帽子!"她发自内心地大笑。

我把注意力都集中在她身上,全然没想到我自己是不是该涂个粉底液、散粉、睫毛膏、眼影,甚至是一点口红。我脸色看起来肯定很差,头发干枯杂乱,穿着一条牛仔裤和一件过于宽松、没办法突显腰线的衬衫,那可是我最引以为豪的部位了。我的黄蜂腰遗传自我妈,除此之外她还拥有又翘又丰满的胸部和臀部。不像我,都遗传我爸的了,又小又扁。

母亲的胸和屁股直到她85岁都还很坚挺,后来才开始萎缩。在它们垂塌之前,我还一直帮妈妈洗

澡。我见证了她的胸部开始慢慢地下垂,她也常常对我说道:

"小侄子们都去找自己的阿姨了。"意思就是她的胸部也不受自己身体的控制了。

劳拉继续着她的拍摄,我现在准备要当一回理发师,修剪一下妈妈的头发。

"给我剪个年轻点的发型。"她直言不讳地下达了命令。

我欣赏她这副不认老的态度。我在想也许我们两个都在犯同一个错误:我们都不甘心听天由命,并且拒绝生活对我们所做的一切剥夺,或者赠予。

说实话,我妈也不喜欢那些和她一样看不见东西的人。她从来都不愿意参加米兰视障协会给会员们组织的那些餐宴。

"我都瞎了,也跟着跑去坐在那群人中间做什么?"

我应该下定决心买一把理发剪的,那样剪出来的效果肯定要更好看一些,然而我却坚持要用厨房里那把红色的剪刀。我只是莫名地觉得那样不太吉利,我不想特地买了一把剪刀之后又再也没机会用上它。反正谁会知道现在年轻人流行怎样的发型呢?

大概两个小时之后，劳拉拍完那只叫多多的猫就跟我们道别离开了。妈妈对我表示她严重怀疑我给她剪的发型，其实我也有同感。我也说不上来到底是显老了还是显年轻，唯一确定的就是这头发让我剪得跟狗啃的一样，幸好剩下的头发都还挺多挺强韧的。一阵短暂的沉默过后，她问我：

"吉娜，你会收养我吗？"

她需要我的承诺。

"你做我的监护人。"

"什么意思，妈妈？"

"意思就是你不能离开我，要把我捧在手心上。"

我在思考是不是我也能够回应她同样的话，然后她就叫我带她去洗手间。

"如果你陪我去厕所的话我就送你一件礼物，但是你不许给别人说。"

"给我送礼物？你知道我是谁吗？"

"不知道。你是谁？"

"你女儿啊。"

"那也送。"

这是她第一次记不起我是谁。我觉得很难过，生活又对我的乐观挥了一拳，我拒绝接受她的脑袋逐渐失去理智这个事实。这一个月以来她不停地表示想回到自己家里住，我只好对她一一描述家里各个房间的布置，还有那些她亲手用巨大的钉子钉在客厅墙上的照片：那张狗的照片、康多戴着贝雷帽和披着头巾的佩妮的合照、三只猫的照片、我小时候弹钢琴的照片和我背着吉他站在话筒前面唱歌的照片……还有爸爸永远烟不离手的照片、家里漂亮的二楼的照片。一个金色的椭圆形相框里，装裱着妈妈20岁自信的笑脸，她丰厚的嘴唇真适合抹上深红的口红。看着看着，我才注意到妈妈在她的每张照片里都摆着好看的姿势：有一张照片是她跨坐在一辆摩托车上，另一张照片里她从树后探出头来，又或者她挨着一只猎犬躺在草地上。没有一张仓促、散漫的照片，她看进镜头然后露出笑容，仿佛她早就比任何人都清楚拍照就应该这样。

如果我能早点注意到这些细节，我会想问问她这些姿势的缘由。只可惜现在已经来不及了。她再也想不起来，又或者她本来就没意识到这件事。

"我年轻的时候玩得也挺开心，挺会玩。你们这些小屁孩儿只能边上玩泥巴去！"她每次谈起过去都会这样说。

她说了"也"，意味着她年轻时候也并没有

自己觉得的那样开心。她当时是一个非常活泼的小女孩，因此我外婆的伴侣——我外公应该不会这样——总是用皮带教训她。为了逃避挨打，她总是躲进院子臭气熏天的公厕里。终于在1941年，仅仅21岁的妈妈离开了家独自生活。为了谋生她什么工作都做过，想到这里我就为她感到气愤！她也谈过几个男朋友。所以当她1945年认识我爸爸的时候，已经不是当初那个纯洁的小女孩了。我不知道我爸爸介不介意，但这对她来说并不是什么大问题，她在浑然不知的情况下已然成为一名女权先锋。

  我母亲就像暴风雨中的大海，所以看到她现在这般落魄我感到很难过，而她的健忘也成了她人生当中的败笔之一。我怀疑我每天给她做的记忆训练到底有没有用，但我还不想认输。我写了一张纸条给护工们，上面列了诸多诱导她记忆的具体方法，她一定要再清醒过来。

  她这一生都没做过这样的训练，但是现在开始也不晚。

**第十四章**

大麻有害健康?

**大麻有害健康？**

今天的妈妈比平时要安静许多,护工们也尤其疲惫。我让他们出去,他们也需要喘口气,我决定替他们的班陪妈妈待一会儿。我让他们放心,不会有什么问题的。当然两个小时之后,问题出现了。她完全不给我一丝喘息的机会:她说背疼,要我给她按摩,又说要回报我的好意给我按摩手,然后要我用镊子给她下巴拔掉两根不存在的汗毛。我给她表演了双腿乱蹬,唱歌,跳了一段尼拉·皮兹的儿歌《罂粟和小公鹅》,同时还要跟着音乐的节奏挥动她的手,好让她觉得自己也在跳舞。我们不停地重复各种童谣、谚语和九九乘法表:这对她的记忆是很好的训练,也想让她开心一些,可是都没用。

"为我做件事吧,吉娜。"

我都不知道还能做什么了。

"我亲你一下吧,妈妈。"

"就这样而已?"

我绞尽脑汁都想不到还可以做些什么,再这样下去只能有一个结果,就是我也焦虑过度疯掉了。然而她又这样挖苦我:

"吉娜,不然你现在把我的灵魂摘了吧,我们再重新造一个更好的。"

我就好像在全神贯注地解开一团缠得一塌糊涂的绳结。不是谁都有这个机会将自己母亲灵魂的命运掌握在自己手中,这个老太太总是有能力把我拖到她疯狂的世界里。我不想逃避,反之我有些好奇,但同时又不知所措。

"吉娜,我的屁股很不舒服。感觉像被钉在十字架上,动弹不了。"

从她神志不太清醒的那天起,她说的话就开始有很强烈的画面感。她总是会蹦出一些让我非常惊讶、又富有诗意的言语,当然这样的才华在她身上也不足为奇。我仿佛能看见她的屁股在十字架上,皱巴巴的皮肤形容枯槁,被钉在木板的四个角上。我马上又想到它们原来丰满圆润的样子,觉得惋惜。现在它们只能被囚禁在这辆高档的遥控轮椅上，不见天日地活着。虽然极不情愿，但妈妈也只能坠入这个无底洞里。

"让我见见光，吉娜。"

"我也想活得五颜六色。"

太可怕了，哪怕是这么卑微的要求可能都无法被满足。

"妈妈，你看不见，但是所幸你还可以听得见。"

她不买账。我给她换了一下坐在轮椅上的姿势，然后给她喂了许多糖，蜂蜜味的、薄荷味的，还有阿尔卑斯山香草味的。我想让她冷静一些，但是没用，她无法忍受沉默。

"吉娜，让我讲话。"

所以我让她给我讲了她年轻时候是怎么骑着单车，从戈拉塞卡的下坡路上全速冲下来。她不停地摇着车铃让沿途的工人们给她让出一条宽敞的路，免得被撞摔倒在路边。

"我当时太疯了，但那是一段很美好的时光！我当时多年轻啊……"

后来她又跟我讲了战争还有发生在中央车站的轰炸。她当时被一个德国人救了起来，把她抱在怀里带到避难所。很快她就厌烦不想聊她的回忆了，可是我又不会编故事。我建议她一起睡个午觉，她睡在她的轮椅上，我蜷在她旁边。但她实在是太无聊了，反倒越来越激动。

"你为什么老是不停地叫我呢，妈妈？"

"因为你住在我身体里，吉娜。"

我突然就想起我们以前经常玩的一个游戏。

"妈妈，1分到10分，你爱我有几分呢？"

"10分。"

"那你觉得，从1分到10分，我爱你有几分呢？"

"5分。"

多年以来我都希望她会给我一个不一样的回答，为什么她会固执地认为我对她的爱要比她对我的少呢？接着，她像上了发条一样，又问了我一个问题：

"我能做什么呢，吉娜？"

"那你想做什么呢？"

"我想工作。"

我费了很多口舌去说服她她已经工作很多年了，也是时候该享享清福。我解释说现在我们有专业的"服务人员"，我用这样的字眼想营造一种我们生活在一个不愁吃穿、非常富足的环境里的假象。我跟她说我们的服务人员就是豪尔赫和梅拉。

"你别说傻话了!"

她很气我提议要玩一个沉默的游戏:第一个说话的人就输了。

这确实是一个烂游戏,她说的没错。她饱受折磨,却又无可奈何,她根本无法坚持下来。

她用很短的指甲用力地挠自己的脸,想把自己抓破。然后她又想把手伸进纸尿裤里挠,她说反正她也用不着这个东西。

"你不用它来尿尿吗?"我问道。

"要用,但我只会用来尿尿。"

她能在一瞬间就让我非常气恼。

"帮帮我,吉娜。我实在待不下去了。"

"妈妈,你冷静一点。"

她是多么渴望体验人生。叫她冷静这样的话,就如同在叫一个重度抑郁症患者鼓起勇气重新振作起来,而她只能越来越痛苦,哭喊着寻求帮助。她不断地求我,丝毫没有停下来的意思,可我的确做不到。"帮助"变成了我最无法忍受的字眼,在我的耳朵里、脑子里和胃里翻搅。我终于受不了了,抬高嗓门冲她喊道,现在有资格觉得无助的人应该是我！可惜我的话并没能够震慑住她，反倒让她变本加厉。我们俩都故作坚强太久了，过于理性，一切委屈都默默承受。

我很累也很沮丧，懊悔自己为什么这次依然没忍住争吵。我打给洛伦佐跟他抱怨，为什么世界上没有一种药能让她开心哪怕一点点。我明白其实可以给她服用一些抗心理疾病的药物，但我并不想看到她因为副作用可能会表现出来的样子，神经兮兮、恍恍惚惚，被剥夺灵魂，被剥夺人生。也许马上就会出现新的治疗手段也说不定。我在《晚邮报》上看到的，这篇文章立马引起了我的兴趣：在以色列，一家诊所针对阿尔兹海默症和相关病症的患者们做了一段时间的临床实验。他们采用以大麻为基础的自然疗法取得了不俗的成果。病患们会吸食一种叫做赫雷斯的大叶片大麻，并且在开始治疗之后，他们不仅不再需要使用安定类药物、抗精神疾病药物、抗抑郁药物或者止痛药，还会觉得内心安宁，能够平和地与人交流而不会神志恍惚。听我说完后，洛伦佐表示对这篇文章感到质疑。我突然就觉得气不打一处来，他立马让我清醒过来，对我说：

"你看你。我看该去治治的是你，不是你妈。"

# 第十五章

## 汗与泪

汗与泪

**我**经常晚睡,几分钟后醒来发现自己泪流满面,浑身汗津津的。我能感觉水滴从我的前胸、后背、额头和上唇缓缓滑落。我恨更年期,那些歌颂和展望更年期有多美好的书籍让我恶心。

我觉得应该是睡不着了,迷迷糊糊地打盹儿又醒来,想着我妈。我怕她又发疯了,她是不是又在声嘶力竭地叫我,而我却躲在自己的蜗居里,虽然离她也不远。我是想着至少晚上的时候我好歹也能缓缓,却还是剪不断理还乱。我只希望医院的护工们能陪在她身边。

妈妈的房子不大,两个房间加厨房厕所。梅拉和豪尔赫轮班留在房间里陪她过夜,不让她一个人待着。可是晚上的时候她会大叫,把好不容易能在沙发上休息一会的人也吵醒,扰得这两个孩子都整日心神不宁。

几天前我去了超市,终于在一堆番茄罐头和洗涤剂当中找到了一次性床单,而且还在做促销。这时梅拉给我打了个电话,哭得上气不接下气的,说她已经收拾好行李准备要走。那一刻我仿佛坠入万丈深渊,把手推车扔在原地就立刻往家里赶。电梯在维修中,我只好从楼梯一路跑上五楼,差点没梗死。我在门前喘了口气,装出一副很严肃的样子,结果门一打开,我还以为自己乱入了一部南美肥皂剧的狗血片场。

豪尔赫一句话也不说,眼神垂到地上,而梅拉一见到我便开始放声痛哭。我费了九牛二虎之力才撬开她的嘴,得知我如此遭罪的原因。

"豪尔赫背叛了我。"

"你就应该往他屁股上狠狠地踹一脚。"我妈妈坐在她高贵的轮椅上打断道。这种事怎么能少得了她。

她最喜欢看戏,在场的人里就她一副看热闹不嫌事大的样子。我愣在那里,一头雾水:我居然没有意识到这两个孩子之间的情愫。梅拉哭哭啼啼地跟我解释他们在一起已经两年了。我佯装出已然把控好全局的样子，胡乱吹了一通自己对情感问题的见解安抚她，以表我对护工的重视和责任心。不然万一梅拉真的走掉那就麻烦了。

豪尔赫再三保证他在外面没有别人。

"那就别傻愣着了！"老太太插话道，"还不给人家女孩亲一下，你真是不懂女人！"

也许在她和爸爸的那个年代，他们就是这样做的吧。

真累啊！想想几年前我还能一觉睡够8小时，现在才后悔当初没有好好珍惜，应该也是因为那时候不用烦恼妈妈、护工和这些让人疲惫的辛苦事。我从来没办法完全享受那些小确幸，或者大满足，反正在我身上没发生过。虽然这么说，但我还是想试试。与此同时，我仍然夜夜因为自己的胡思乱想而辗转反侧，也不知道这其中有多少和我们家老太太有关。我觉得我们太恐惧死亡了，这也是她失控的原因。我问过她为什么老是大喊大叫地挣扎求救。

"我也不知道，吉娜。我没办法控制自己，它太强大了。"

为了给自己一点坚持下来的力量，我不停地说服自己现在这个状况很正常，我们大家都会遇到。

我的妈妈已经老了，她活过自己的人生，我现在也该尽我所能地去帮助她。但是痛苦就是不放过我，像一条吸血的蚂蟥一样黏住我。当我自己在家的时候，整夜痛哭就算是一种解脱。但是当洛伦佐也在的时候就很麻烦了，我要努力不让自己哭出声，竭尽所能控制呼吸。可只要我稍微喘得重一些他就会醒来，打开灯，看着我。

我对他感到很抱歉，从他认识我那天起就陷入我所有大大小小的问题当中。也许我应该给自己设立一些原则，但我也十分清楚自己是无法遵守的，我没办法从我的情感关系当中把妈妈的那些问题择分出来，它们把周遭的一切都吃光抹尽。然后，慢慢地，时间一点点过去，我越来越害怕所有可能会发生在妈妈身上的事情，与日俱增。没了她我要怎么活下去呢？我觉得我需要找个人，他能够帮助我、告诉我到底要怎么安抚我的大脑和内心，让它们平静下来。

在寻找解决老太太情绪问题方法的过程中，有天早上我来到了一家医院，这里有一个部门专门治疗那些"爱耍宝"的人，我想去咨询一些信息。前台给了我一张名片，那是一名治脑子的全科医生：心理学、神经学和精神病学。预约了两天过后我终于去到了她的工作室。

她有一个很大很漂亮的房子:温馨、舒适,很有安全感。在候客厅里有一系列琥珀色的木制书架,有天花板那么高。上面放满和米兰有关的各种稀罕的书籍,还有无数厚重的艺术典籍。

一进到工作室我就倾诉了我妈的问题。她听完以后问我,我还好吗?一个恰到好处的提问。我开始大哭,我已经习惯了眼泪,没办法再把它们憋回去。她只是静静地看着我,好像在等我停止哭泣。突然,她对我说道:

"女士,问题其实不在您母亲,而是在您身上。"

我仿佛记得洛伦佐也这么说过我。然后她继续,重申我才是那个需要帮助的人,我应该替自己多考虑。我太专注在妈妈身上而忽略了自己,就好像那些自我都随着妈妈正在渐渐死去。我犹如醍醐灌顶,因此也开始去她那里治疗。

从那时起我们每隔一周见一次面,每隔两周她会见见我妈妈。这些"探访"花了我不少钱。我都穷途末路了还把钱败在这个精神病医生身上,我不会是和我家老太太一样脑子坏掉了吧?

# 第十六章

## 咔嚓,开拍!

咔嚓，开拍!

我在化妆，再过一小时我们的电影就要开拍了。突然这部电影就启动了。制作人和劳拉找到了几个朋友一起加入了这个项目，一个他们向我们承诺过一定会启动的项目，让我们一起期待它也能顺利结束。你们是不是想到了什么美国大制作？我们的电影完全沾不上边。

我们有两周的时间，在这两周里我们要完成一切，总之祝我们开拍顺利！电影拍得很仓促，因为胶片要钱，场地要钱——尽管只是租了一个教堂的侧厅，还有一个摄影团队，不大，但也要钱。

马可·马非组织起了一个工作能力强、主动性高的团队，向他们展示了关于我和妈妈的一个简短的资料片。那是劳拉第一次来我们家拜访的时候拍的，当时她还在做自己的纪录片。我还没看过，不知道以后有没有机会看到。

尽管时间非常紧缺，但片场上的气氛并不紧张。这也许要归功于马可：他在旁边的礼拜堂里组织了一次豪华的自助餐，盘子里装满丰盛的食物，士气大振。我们一共有6名演员：吉安菲利切·印巴拉多（《格莫拉》和《天堂乐园》的主演）、安娜·康齐（年轻的时候主演了埃尔马多·欧米尼的电影《米兰心事》）、艾琳娜·卢索·阿尔曼（米兰埃尔佛普契尼大剧院的演员）、乌尔斯卡·布拉达斯佳、卢卡·迪·普洛斯佩洛和我。

不过两周时间真的太短了，根本没时间去思考我们正在做的一切。好在我抓住了那三个术语的概念：纪录片的部分主要讲述我和妈妈之间的关系。这一部分会和舞台剧的部分穿插起来。我在舞台剧里饰演一名女演员，正在排练一部即将公演的剧目；在遇到的各种经济难题之间，母女关系得到体现。舞台剧剧本由加布里埃尔·斯科蒂完成。虽然我和妈妈拍的那些画面都是自然流露的，但是剩下的改编都要靠他写出来，很难想象他会如何把我的生活勾画出来。最后还会有一段爱情故事的出现，由此进入剧情片的部分：由于这时的我已经全身心投入到妈妈的事情上,所以我没有意识到这段爱情。这的确非常有可能发生。如果洛伦佐真的在这个时间点出现在我的面前,我怀疑自己是否会考虑他的爱意,因为我的生活几乎已经被这个老太太占据了。

在拍摄期间我的手机经常响起来,我是不可能关机的。在一次住院期间,医生发现了一个麻烦的问题:为什么妈妈的血红蛋白含量始终这么低。结果检查出来后发现,胃部肿瘤。难怪她要持续输血。而且为什么肿瘤非得长在她的胃上呢?她一直活到现在,就是因为吃到喜欢的食物会让她很开心。而现在呢?我不明白为什么,反正我觉得是不是哪里弄错了。还是说我明明很清楚,只是我拒绝接受妈妈的身体只会每况愈下的这个念头。但现在我只能把握好每一天、每一刻。我要享受和这个老太太一起相处的每一个愉悦的当下,假如错过的话,我一定会后悔死的。

这个该死的肿瘤并没有给她造成很大的问题,甚至没有丝毫疼痛。可是妈妈还是要继续她现在所做的那些治疗:她时常要进行一次输血,否则不停失血的话将导致她永久性贫血。他们尝试过内窥镜摘除手术,但没有成功。后来又拟定一次手术,但妈妈因为一整晚都在不停地呼唤我，没休息好。医生看到她时对我说，她身体太虚弱，精神也不好，恐怕无法面对这么艰难的手术，更何况还考虑到她有肺气肿的问题。

我不停地告诉他不要被妈妈的外表骗到了，她其实身子骨还硬朗得很，她很省心，不是那种需要我们三个一天二十四小时轮班在医院照顾的人。医生不想再听任何理由。我记得他走的时候，妈妈才从麻醉中醒过来，又继续呼唤我的名字。气恼之下我问她为什么要这样。

"因为我喜欢你的名字。"她虚弱地回答我。

拍摄期间我不放过任何的休息时间给医生打电话，尽管这位医生没有给妈妈看过病，他还是告诉我说一个轻微的低烧都有可能是肿瘤引发的。我还听梅拉不停地抱怨说豪尔赫总是把照顾妈妈的工作丢给她。后来我和豪尔赫谈过，但是他一口否定，所以我只能尽量亲自给他们两个分派任务。真是够了，我反倒成了照顾护工的护工！我想逃到哥斯达黎加，去那里开个小报亭。大家都说那里是一个安详的地方，没有军队。我要去那里过无忧无虑的生活，享受阳光、大海、椰子、晚宴、歌声和舞蹈。然后几天过后我可以找一棵棕榈树，在上面吊死，如果哥斯达黎加有棕榈树的话。

我的思绪突然从哥斯达黎加转到草药疗法上。米兰有一家药店,噢,不对,应该说是一家草药圣地,我在那里买了很多产品。那里的药剂师个个都像萨满巫师,他们会在锅里把草药煮沸,施展魔咒医治妈妈的病。后来我还买了一些印度汤剂、中药药膏和非洲药粉,更不用说还有一些顺势疗法的药剂。可惜国家卫生部不相信这其中某些药物的神奇疗效,阿门,我也可以省点钱了。

从她知道自己有肿瘤的那天起,我就十分留意她说的每句话。

"我受够你这个老妈子了!我要出去,远离这里虚假的一切。"

几个月前她完全不是这样想的。在一次日常争执的过程当中,我诉苦说自己为了她牺牲了整个人生。

"我都快变成你这个老太婆的老妈子了。"

"是吗?那到底谁更老呢?小吉娜。"

尽管生着气,我还是忍不住笑出声来。

昨天晚上下班之后我去了妈妈家。我坐在她轮椅旁边,她摸索着握住了我的手。

"救救我,帮我摆脱生活里的这些难处。"

我还是像往常一样劝她乐观些,她爆发了:"我不想乐观。我从来就不喜欢乐观。"直到最后她都这么叛逆。

# 第十七章

吃盐对身体有益

吃盐对身体有益

再过不久我恐怕就会不小心害死这个老太太。还好家里还有洛伦佐在,他随时都做好立刻打电话叫救护车的准备。在一个工作会面之后我给他打了个电话,他说他和妈妈在急救中心,妈妈在吃午饭的时候突然失去知觉,但问题不大。

我马上赶到医院,他们已经把她转移到看护病房。我一进到病房里就看到她躺在床上昏睡,脸色苍白得可怕,手臂上扎着针。他们给她做了一系列的检查和血检,发现她血钠含量极低,而且还有其他一些指标过高。

跟医生交谈的过程中,我说到自己在准备妈妈的饮食时从来不加盐也不加味精。而且我还特别让她每天喝1.5升甚至2升水,不含钠,而是补充很多钙质，我觉得这样对骨头有好处。水瓶的标签上有一张小婴儿的图片，我看着非常安心。

沉默着听我说完之后，医生开始给我解释，我在妈妈的饮食里避开所有盐分其实是弄巧成拙了。老人的营养均衡非常容易被破坏，尤其是像妈妈一样患了肿瘤的老人。我很疑惑，因为我总是听说盐对身体不好。另外我还要停止要求她每天喝2升水：小便次数过多的话很容易流失身体所需要的一些元素，1升其实就非常够了。

这几天我只是看她好像有点累，谁能想到是因为喝了太多水而且缺盐的原因。

和她住在同一个病房的是一个92岁中风的阿姨。她说不了话，女儿日日夜夜都在这里照顾她。我对视上阿姨的眼睛，感觉到她眼神里透出知觉与绝望：虽然说不了话，但她其实都明白。

她的女儿像我一样，手足无措，为她妈妈忙上忙下的，想着怎样能减轻她的痛苦。最后一次和心理医生会面的时候她告诉我，我把妈妈的痛苦都转移到自己身上了，这样不对，我并没有好好反思这件事。

回到家里我给洛伦佐说起这次见面，说起医生建议我就应该和妈妈保持一个恰当的距离，而这并不意味着她会觉得我不爱她了；我应该学会放手，留一些空间给自己和其他人。

"看吧，我这20年来都是这么建议的，还不收你的钱。"他只是这么回复我。

虽然我没太把洛伦佐的话放在心上，但我觉得和医生的会面越来越没用。每次我坐在她工作室的沙发上至少要哭10分钟，然后她沉默，给我递上一张纸巾，之后的40分钟转瞬即逝。而且我实在不知道该和她聊什么了，我厌倦了不停地听见自己重复之前一直说过的话。我想寻求的治疗并不存在，医生也这么明确地告诉我了。没有一种魔药能让我的恐惧和痛苦消失，简单来说就是我必须得自己开解。毫无疑问，成为妈妈的"妈妈"让我失去平衡，但我觉得这并不只是我一个人的问题。幸运的是我还有力气站在她身后让她倚靠：妈妈39岁的时候把我带到这个世界，现在我还能够说自己还年轻。在医院陪她的时候我看见很多疲倦的女人，看上去都不止70岁了，全天在各个科室里为自己几乎百岁的父母忙得晕头转向，老人照顾老人。

要当一个90岁的"小孩"的"家长"，这件事情其实有点不合情理。最近有研究发现，由于无法适应长期照顾一个不能自理的人，你的大脑会陷入高压痛苦的状态并将持续下去。而全身心照顾一个小孩则不一样。照顾孩子是终身的训练,在这个过程中你会自豪地成为孩子的榜样;给他换尿裤和缺觉只是需要付出的一点代价。相反,当你照顾一个老人的时候,你已经知道结局会是怎么样了。你需要时刻提醒自己幸好还能待在他的身边。即使有些时候很难做到,但未来我们终将感到庆幸。可惜,正如我家老太太所言,说得容易做起来难。

一想到以后没人会替我和洛伦佐这么操心就已经很难过了,但是子孙也没办法保证愉悦的老年生活,不然怎么解释那么多被丢在养老院自生自灭的老人们。

我和朋友们时不时地会想到要变卖一切,再买一小块地,在上面盖一栋住宅,大家住在一起。我们可以雇几个护工,偶尔请医生过来检查,培养我们自己的爱好,感受人生充满希望。我很喜欢这个充满着老年人而不是年轻人的"公社"的想法,里面住着一些"开放夫妻",就像达里奥·福的喜剧里写的那样。反正在那个年纪里我觉得应该没有什么风险了,或者说风险也不来自情感方面。

我也希望像伊莉娜,也就是契诃夫《海鸥》里的女主角那样生活。"我给自己定了一个原则:再也不期望未来。不去纠结我的老年,或者死亡。"

尽管有时候还是需要仔细想想,至少为迈入老年做一些心理准备。这并不容易,但还是要尽早接受比较好。可也不能像特拉波苦修修士一样,不停地告诫自己:"人终将一死。"要是我妈听到这样的话,她就会立刻做出一个辟邪的手势。她希望自己长生不死,并且在这点上非常坚定不肯让步。她一定会出院,并且继续我们的生存之路。

# 第十八章

## 不死之身

不死之身

**❝**男人就应该给女人付钱。"每次说到男女平等的问题时我妈妈总是这么说,而且她说的一点都没错。她喜欢当一个精明的女人,但是在那样的言语背后其实她非常单纯,还好。她挣的所有收入都投入了家庭里,尤其是为了铺垫我的未来。甚至她还有一个很大的错觉:自己也将成为我的附属品。

九岁的时候我就已经在一位大师的帮助下录制了一张属于自己的45转黑胶唱片。他是一名非常厉害的手风琴师,堪称伯乐,甚至别人会送他各种玛瑙做的礼物作为报酬。妈妈也从我们邻居那里买了一些:烟灰缸、灯具、花瓶、雕像和茶几等等。我猜大师他会不会转身就把它们变卖掉。

我妈妈当时非常坚定，多亏了这张唱片我在表演界也奠定了一些基础。大师根据这一趋势，也在我身上发掘了少有的音乐潜力。据他说我也能依靠这个天赋成为受人景仰的手风琴师，这对我妈妈来说可是一个意想不到的大发现。她眼都不眨一下地签发各种支票去培养我的音乐才华，还给我买了一架豪华的定制手风琴。我当时一点也不开心还要再学一门乐器，但即使每次我把《威尼斯狂欢节》——还是缩减版本的——弹得一塌糊涂时，她都听得很入迷。她想要培育一名"全能"艺术家的目标正在实现。

幸好过了一年，我实在是没有什么进步，妈妈把手风琴送给了别人。到底送给谁我也记不清了，我觉得她应该也受够了不停地听见我还在弹《威尼斯狂欢节》这首曲子。后来因为一个朋友、一个退役歌手，她结识了当时特别出名的一个剧院的经理费卢奇，把我送去他的剧院演出。

妈妈总是在后台帮我准备。我的橱柜上还摆着一张老照片，照片里我穿着一套妈妈请人给我专门做的衣服。妈妈说她有一双巧手。

当表演开始时她会下到观众席里，焦急地等待女儿亮相的那一刻，我会小跑着出场，然后向观众们送上一个飞吻,这是她教我的。

"你要马上博得观众的好感,还要跟大家幽默地鞠躬……"

我一直都不知道那是什么意思。如果要在台上弹琴,会有一个伴奏大师教我弹曲子,这样就能保证演出的效果。假如相反,我不小心遭遇什么"不幸",很有可能这场表演就一点也不精彩。每每想起妈妈对我的大吼,我仍旧惊魂未定。

"我费尽口舌才求到别人教你,你居然给我这么丢脸?你不觉得羞耻吗?"

我记得有一天晚上我特别开心,因为演出结束以后一个小伙子扯着嗓子对我大喊祝贺。那天本来是一个很难过的夜晚,因为某个歌手唱出了令人震惊的高音,把我的光彩全都夺走了。后来我下台之后那个小伙子靠近我,对我说:

"你知道吗?有个女士刚才给了我3000里拉让我给你鼓掌。"

我回想起这件事的时候问过妈妈:

"你在你的人生中做过这么多的蠢事,难道就没有一丝悔过之意吗?"

"没有,小吉娜。"她回答道,"我还要继续做下去。"

有时我想采用一些音乐疗法让她轻松些,她喜欢听我跟着吉他唱歌。可是听完后她又会非常严肃地进行点评:

"你这次唱得比较好,比上次好,但是还是有几个地方我不太喜欢。你再唱一次,我给你说说你哪里不对。"

最近她开始胡言乱语,但我也不想说到老年痴呆这个事情。我甚至连这个词都不想提,觉得很不自在。反倒告诉她肿瘤的事情要容易些,至少她不会意识到自己的智力正在衰退。

我还记得第一次陪她去看老年病专家的时候,心里的那种厌恶感。那是几年前,我妈当时连一些简单的问题都答不上来:今天周几?现在是几几年?然后医生直接给她诊断为老年痴呆初期。她一个一无所知的老太太,每天也就是做着那些无关紧要的小事,为什么非得要她记得今天是周几?现在每一天对她来说都大同小异。

"我度过很长的时间为了不让自己死去,这就是活着的意义。" 弗雷德里克·瑟德尔在他的一首诗开头这么写道,完美地反映出妈妈的人生态度。顽强地抗争,战败,又站起来继续。

## 第十九章

### 活着不要忧伤

**活着不要忧伤**

颗干瘪的李子。这就是我这段时间的感觉。

我还记得小时候在《读者文摘》看到过一个著名的美国皮肤科专家这么说过,不知道为什么我现在还印象深刻:"今天古铜色的女人就是明天干瘪的李子。"这就是我现在的感觉,从里到外形容枯槁,而且我没晒太阳。

镜子里的一个上了年纪的女人正在打量我,那是我自己。我是什么时候开始衰老的?我心里在想:难道是因为我最近忘了涂美容霜?还是因为没心思自制天然面膜了?我正在忽视自己,我得开始补救了,尽快,立刻,马上。我要用卷心菜把整张脸都包起来,只露出眼睛鼻子嘴巴,然后在床上像春卷一样一直躺到明天早上。对了,还得上镜头呢，我去买些抗皱蜗牛液吧，虽然有点恶心，但他们都说很有效。或者这可能只是某种营销手段。

没错，就是这样！我们就假装自己已经找到某种重现年轻的手段，毕竟偶尔幻想一下对精神也是有好处的。我还记得自己还是个小女孩的时候，就听到那些中年女人们说，只要过了40岁，时间就会飞快地流逝。当时我还不明白这些话的意思，现在看来，我倒是完全理解了。

每每谈到这个话题，我和我妈就会互相慰藉。我们就好像某种互助协会一样，至少这十多年来每当我抱怨自己年纪渐长，我妈都会这样回应我：

"那不然你还想怎么样？反正你又不显老！"

也不知道是怎么看出我不显老的，她都有至少15年没见过我的脸了。这些年来我也是这样告诉她，说她看起来比实际年龄要小20岁。总之我们就靠这些谎话让对方能振作一点。

妈妈也对衰老这件事情非常介意，直到不久前她了解到提拉可能会有一些效果。

"快让我变美，吉娜。帮我提拉一下皮肤。"她说道。我给她涂了一点面霜，然后她用手指轻轻地拍打之后再晕抹开来。我也想要像女明星安娜·麦兰妮一样，对她的化妆师说："不要理会那些皱纹,不用把它们遮起来。它们记录了我的人生,就这么展现出来吧。"但同时我又并不是很乐意这样做,而且有时候自己还要生气。

我意识到随着岁月的流逝,除了在意脸上的皱纹以外,我还关注起了各种食品包装上印着的保质期。我开始留意石磨面粉、荞麦、小米或二粒小麦,希望这些东西可以给我带来健康的一餐,而不是像以前一样,把好东西都原封不动地留在橱柜里去吃那些垃圾食品。

我杵在镜子前,看着自己。我的眼角还好,反倒是眉头间长出一条纵向的皱纹。以前都没有的,真是拜这段时间的日夜操劳所赐。

还有我掉色的头发,这就不用多说了吧?我当时脑子里是怎么跳出这个念头的,居然染了个"印度夕阳红"?肯定是被名字骗了。染出一头可怕的红色,看起来跟头发着火了似的。但是当时我看见"印度夕阳"这个名字的时候,有那么一刻,我幻想着自己也能够置身于别处。

如今这满头的太阳已经西下,新长出来的头发从白色渐变到老鼠灰,生怕别人看不出我正是一名奢求年轻的更年期妇女。染发真烦人!从我25岁开始染发以来,就一直惶恐着新生的头发会破坏原本期待的造型，我的人生可以说是非常纠结了。

很久很久以前我还在的里雅斯特歌剧院工作的时候，我出演了吉诺·兰迪导演的一部小作品。第一次试镜时我装模作样地表现出一副胸有成竹的样子。大概过了一个半月以后，就在首演之前，吉诺在剧院的吧台边上近距离地打量我，调侃我说：

"吉娜，我觉得你应该去染个头发，你看上去像卡拉的奶奶。"

第二天我染了一头香草金来到剧院，看着像头上顶了一颗大布丁，但还挺衬我的。

两个月前，当我的朋友弗朗西斯嘉看见我的"印度夕阳"时，就在猜测我是不是遇到了什么棘手的问题。

"你是不是有情人了？"她突然问我。

哪有什么情人？这时候我已经没心思在意自己到底好不好看的问题了，那只会让我更头疼。要换作以前，我肯定会花时间去补救我的外貌，现在我已经不感兴趣了。

想想我妈妈，也就在三年前，她出门的时候还要抹一下口红，脸色瞬间就好了起来。时间让她渐渐训练出一项独门绝技，即使在看不见的情况下她也能轻松涂好口红。她的手非常稳，画出来的效果简直无可挑剔:一点都没画歪。只是最近这段时间都是我帮她画的,比如那次我们要去更新身份证的时候。当我看到她新拍的照片时非常惊讶,我居然没发现她的脸变得如此消瘦。她美丽的红唇仍然在微笑,但最让我诧异的是她的眼睛:无神地死盯着前方,好像十分疑惑。

有一天,那是有史以来我第一次听到她说:

"吉娜,我怕死。"

我本来想开玩笑回答说我也怕,并不是怕她,而是怕我自己。但最后我还是叫她要乐观一些,可能只是像睡着了一样。她开始大叫,听得我揪心。我想逃,逃得远远的。但我还是留在她身边陪着她,盼着这颗巧克力也许能给她一些希望。有那么一瞬间她安静了下来,含着那颗巧克力。为了让她感觉我还在身边,我亲了一下她的脸颊。

"你是谁?"

"我是吉娜,妈妈。"

"我的吉娜。"

是的,我是她的吉娜。每次她认不出我,我都会觉得很难过。这个时候我总是会很固执地追问她为什么。

"我看不见你啊。"她辩解道。

"难道连我的声音都认不出来吗?"

我继续追问她,想搞清楚她的脑子到底出了什么问题。但还是没搞明白。

她舔完残留着巧克力味道的手指,对我说:

"吉娜,帮帮我,度过现在的人生。"

我靠近她,贴在她身边待了几分钟,什么都没讲。

一想到有可能在某个明天她会从我的生命中消失,我有点不敢相信。也许我应该从阴暗面想想:一旦她不在了,我也就终于自由了。在她诊断出肿瘤之前我其实不止一次这样想过,思考生命的消逝。当然,我是在思考我生命的消逝,不是她的。你没办法去考虑你的梦想,甚至放松。你的双手双脚被束缚在一个有时会让你发狂的老太太身上。

很久以来我一直饱受罪恶感的折磨,羞愧自己居然会产生这样的想法。但当我日夜照顾这个无法自理的老太太时,尽管我很爱她,我也逐渐释怀于这些矛盾的心理。

现在我只期望一件事,那就是母亲能够看淡她的死亡。这样一切都会容易一些,不管是对她,还是对我。

## 第二十章

切利娅、阿贝尔和猫

切利娅、阿贝尔和猫

**谈**笑间,从妈妈出事到现在,居然已经不知不觉地过去了两年。说实话,我仿佛觉得更久。又或者,其实我心里希望能有更多时间陪妈妈一同度过。不论之前有多难,总之我们还是亲密地一起生活,一直相互扶持着。这感觉挺奇怪的。不像豪尔赫和梅拉,他们早就无法容忍对方。我之前费尽心思去解决他俩之间的问题,也都宣告失败。

　　在一个美好的上午,出去玩乐了一整夜的豪尔赫突然有了一个天才的想法:他带了一个女生朋友到家里来,成功地引起了梅拉的妒忌。他们开始激烈地争吵。邻居开始给我打电话,因为他们听到喊叫声还以为是母亲又出事了。当我和洛伦佐赶到时,她好好的,只是在烦恼着自己没有得到应得的尊重。同时豪尔赫和梅拉都觉得自己有理。梅拉说自己要走，再也不回来，然后就跑了。我也不能怪她。

而豪尔赫在搞了这么一出之后，居然舒服地躺在沙发上睡着了。洛伦佐只好把他吼醒请他马上离开。

晚饭过后，我挣扎了一会儿还是决定喂母亲服用一些药物好让她睡着：几滴氯噻平和其他一些杂七杂八的东西。我实在无法看到她越来越不像自己，渐渐坠入深渊的样子，这就如同用化学的方式让她死去。后来我决定待在母亲家里陪她过夜。她睡得很安详，我睁大眼睛思考着我犯下的过错。我早应该解决掉这对护工情侣的问题，但我却总是奢望生活能替我决定。

"你看起来很没精神，小吉娜。"

昨天我妈妈这样对我说道，试图挽救我的自尊。其实我只是想睡觉，或者做个梦，像哈姆雷特一样。不让我的脑子里有任何悲观的想法。

几天后饭厅的沙发上坐着切利娅。我们聊了一会儿，她35岁并且性情温和。她一笑起来我就能想到她的家乡阿根廷。总之是一个开朗的人。大概过了半小时后她问我能不能让阿贝尔上来，她的未婚夫。天气太热，她有点心疼他还在楼下等着。

阿贝尔和切利娅一样，不是很高。嘴巴大大的，笑起来很甜；说着结结巴巴的意大利语，比切利娅小几岁。我问他有没有照顾老人的经验，他表示肯定，我也毫不怀疑地相信了他。我问切利娅他们会不会吵架。她用疼爱的眼神看向阿贝尔，然后微笑地回答我，他们互相都爱着对方并且一直很和睦。我立刻就雇用了他们。我知道这很疯狂，但我就是见不得人被不停地盘问和做出选择。

切利娅挺聪明的。我喜欢她爽朗的笑声，而且她还经常逗妈妈开心。有时她累得忙不过来，阿贝尔就会接替她，把妈妈从沙发挪到轮椅上，然后推着她抱到床上。也许再过不久我应该从医院给他搞一台起重机过来会方便一点。我给他解释说在挪动妈妈的时候，应该要帮她把眼镜摘下来，不然有可能会伤到她。由于这是她人生中最重要的物件，他需要每次都提醒一下妈妈。有时匆忙之中阿贝尔会忘记提醒，然后当他取下眼镜的时候就仿佛末日降临似的。

"我的眼镜！哪个小偷把我的眼镜偷走了？来人啊！"

阿贝尔还不太适应我家的老太太，而老太太则老是忘记他的名字。她甚至会忘记他的性别,因为阿贝尔的嗓音特别尖。

好累啊,一切都要从头来过。我忘记给新护工们交代的很多事里还有一个,那就是家里那只猫,有时也让人挺恼火的。多多也是一个麻烦精,要时刻盯着它。它像一只小老虎一样:一旦发现任何细微的动静,它就会突然跳起来向你猛扑,然后张嘴咬住。通常被咬的是我妈,她在沙发扶手上动来动去的手是最理想的猎物。她会被吓得破口大叫,嘴里不停地喊着天呐。我能理解她的心情。她生活在一片黑暗里,突然遭受袭击,还不知道打哪个方向来的或者为什么,那一定很可怕。

由于妈妈的原因,不知道有多少动物常常在我们身边转悠!通常都是一些狗啊猫的,但也有各种不同的两足动物比如说禽类,还有一些水栖动物。基本上所有的动物都养在我们的阳台上,尤其是在美妙的20世纪70年代的时候(至少我妈妈当时觉得很美妙)。妈妈当时认识了一家宠物店的老板,就在我们的住处附近。每次她从那里经过之后都会拎回一个系着蝴蝶结的盒子,然后像魔术师从帽子里变出鸽子一样,她会变出鹌鹑、母鸡、小鸡仔、兔子,甚至是一个装满水的袋子,里面游着一条鲤鱼。当然，鲤鱼就不能养在阳台上了，它被养在我们家的浴池里。

她一回家，就会把盒子放在桌上，然后喊我：

"小吉娜，快看我带了什么回来！"

我一直都挺喜欢近距离接触这些小动物。可是我才刚见到不久，出于某种神秘的原因，它们就会一个接一个地遭遇不幸的事故。至少我妈妈是这么告诉我的。

只有那只小鸡仔活得最久。妈妈怕它跑掉，在它的爪子上系了一条三米长的丝带，拴在了阳台的护栏上。有时候它会纵身一跃，然后挂在我们楼下那个倒霉的阿姨家窗前。我也不太明白在这个情况下，一只禽类动物的心理状态是怎么样的。总之这只小鸡，可能是被吓着了还是什么，会开始发了疯似地挣扎。楼下的阿姨赶到阳台上，就看见这个小可怜在她眼前摆来摆去。阿姨生气地朝楼上妈妈大喊，而妈妈就跟没事人一样，拎着丝带把小鸡往上拉。完了还要责备小鸡一会儿，因为它居然敢跳楼。

在好多次这些动物接连死去之后，我开始起了疑心。我注意到每当情况变得很棘手时，比如邻居不断地抱怨，妈妈就会打电话给我们楼下的门房。

这个男的看起来就不像是会让家畜自然老死的样子。只要他一来我们家串门，当天这些可爱的动物们就会去往另一个世界，然后第二天就会出现在我们的餐盘里。后来我察觉到这个趋势以后，便开始绝食抗议。

但是，像我之前说的那样，我们家一般养的都是狗和猫。尤其是猫。最近养过四只暹罗猫："橘子"和它的三个孩子。分别叫"无尾"（因为它没有尾巴）、"耶利米"和"大大"。妈妈已经习惯和它们睡在一起，耶利米睡她头上，橘子在她脚边，其他两只在她的侧边。她的床下放着一根木棒。到深夜的时候，如果猫莫名其妙地乱叫，她就会拿起木棒在黑暗中乱挥，吓它们。这听起来很怪，但是这样总是能让这群猫安静下来。后来大大，最后剩下来的那只猫，也跑了。妈妈非常绝望地哭了起来，认为它肯定在外面死掉了。结果才过了一天，小区里的理发阿姨——这两个心软的阿姨还成立了一个"猫猫救护队"——就送了来一只灰色的小奶猫放在妈妈的沙发床上。这只小奶猫大概才六个月大，看起来很饿但是不怕人。妈妈为了纪念"已逝"的大大，给它起了一个差不多的名字，多多。我第一次伸出手抚摸它的时候，它用它一只黄色一只棕色的异瞳直勾勾地盯着我,一动不动的。

噢,对了,除了猫我还有什么没给新护工交代的来着?还有一堆事情。太多了。

# 第二十一章

## 梦

梦

我想做梦。我已经很久没有做过梦了,这并不好。我母亲以前的一位医生也多次这样告诉过我。

尽管他是一名医生,但他对身体几乎没什么兴趣。他抱怨老人们把剩余的那点儿能量都贡献给了慢慢侵蚀他们身体的疾病,而丝毫没有在意精神和思想。也是在这种情况下,我母亲总是将自己与绝大多数同龄人区别开来:得幸于20世纪80年代偶然一次的乳房X光片,他们发现了一个直径7毫米的乳腺肿瘤。她接受了手术,当她意识到自己因为这手术失去了四分之一的乳腺时,她想动手打医生,因为她从不相信自己患有肿瘤。她总是拒绝接受自己有什么病症,在大约一年之后,出于同样的原因,他们切除了她的子宫和卵巢。尽管她从未重视过身体的不适,但是她一直追求着保持头脑清醒和精神上的美丽。

上一次,这位医生接诊了母亲后去到她家,他担心地看着我说:

"可是您母亲非常好!"

也许他害怕她可以再活20年,那样他可能需要再来我们家很多次。他对荣格的理论非常着迷,经常探究梦的重要性,这让我们能够与潜意识接触,如果我们能够听到这种意识,就可以避免许多不幸。

但如果一个人不做梦,或者不记得他所做的梦,他又怎么能听到它呢?我甚至在床头柜上放了一支铅笔,以免在我梦见美丽的东西时毫无准备,也许我的父亲或我的祖母来告诉我彩票号码呢。其实我只想梦见大海。蓝色、透明、平静的大海。但是这很困难,因为我甚至做不到连续睡着3个小时。

有时我会数羊,根据最新的理论,这些羊跳过栅栏了才可以计数。我这样做了。我不知道为什么我的羊往往很混乱。一只在这儿,另一只在那儿,一只跳过了围栏,另一个又从下面穿过去。脑海始终不能平静下来，我最终被强迫起床并服用一些舒缓的茶、滴剂、药丸，所有都是严格的草药成分，但这没有起任何作用。也许我应该拿一支步枪，就此终结。

我觉得大脑疲惫至极，好像它一直处在什么装配流水线上，总是固定回放同一个的想法：我母亲。然而，在母亲崩溃之前的几个月里，我常常做梦。我记得有风雨如磐的大海，或是黑暗而浑浊的水，在水里我游泳都很困难。我还记得我梦见母亲，穿着一件白衬衫坐在床上。在她旁边，有一个大约一岁、穿着纸尿裤的婴孩。没有牙齿，滑稽地冲着我微笑。醒来后，我对她产生了模糊的怨恨，我想知道她这个年纪怎么能生出这么漂亮的小男孩，而我这么年轻却没能做到。

如果我现在想一想，这似乎有一定的寓意。那个孩子不是她的儿子，而是她的未来：坐在她漂亮的遥控宝座上，穿着尿不湿，没有牙齿地、滑稽地冲着我微笑。

今天她想起了她的母亲。

"我小时候她总是打我。"她告诉我。

童年的糟糕记忆更加持续地迫害她，她嘴里所说的"笨脑袋"，让她越来越受折磨。如果老人能够忘记坏事，并且只记得好事会有多好，那一切就都变得更加可以忍受了。

为了分散她的注意力，我放了尼拉·皮兹的磁带。在唱着《飞吧，鸽子》的时候，她问我：

"皮兹还活着吗？"

"不，她死了。"我回答道。

"我会变傻吗？"她停止了唱歌，低下头，保持沉默。

"吉娜，都有谁喜欢我呢？"

"我，还有切利娅、阿贝尔和洛伦佐。"

"还有洛伦佐？"

"还有他。"

"嗯！但愿他像你说的那样。"

我不明白为什么她总是对洛伦佐持怀疑态度。在我准备她的茶时，她叫我"妈妈"。这让我有些感动。

"我不是你的妈妈，"我告诉她，"我是你的女儿。"

"对，但你也是我妈妈。"

其实她说的有道理。我有一个90岁的女儿，她会让我发疯，让我开心，让我痛苦，让我哭泣。然而她让我真切地感觉到自己活着。

# 第二十二章

## 重新开始

**重新开始**

随着新护工的到来,事情终于开始有了进展。渐渐地我们熟悉起来,彼此喜欢。阿贝尔十分细心,他是15个孩子中最小的,总是说我母亲让他想起他自己的母亲。他曾给我看了一张照片,上面是一个80岁左右的女人,穿着传统服饰,站在田野中间。他的护理工作渐入佳境。切利娅很开朗,但经常跟我母亲拌嘴。她与阿贝尔不同,阿贝尔是一个能与宇宙和谐相处的人,切利娅则总是敏感又紧张。

"你有点神经质。"

我母亲几天前这样说她,说出口的是我那个能把她身边任何一个人惹恼的母亲。但是她们两个总是能够以亲吻和拥抱来结束,或许也是因为切利娅威胁要带走阿贝尔。为了避免这种风险，我母亲有一天提出给阿贝尔两倍的工资，她总是更偏爱他，当她听到切利娅向他索吻的时候，我的老太太就出于嫉妒跟她争吵。瞧她这脾气！

他们告诉我，母亲早上往往心情不错。

"早上好，亲爱的人们。"她每天醒来都会说。

这些是我喜欢听的话，当他们告诉我时，我都会在那里非常认真地听。再看我自己，也觉得有些尴尬。有几天晚上，阿贝尔坐在母亲床边，握住她的手让她入睡。起初我有点犹豫不决，但随后想想如果这样能让她开心、睡得更好，那我就没理由反对。如果他能让妈妈感觉好点儿呢。我只希望这床垫可承受两人卧躺的重量。我不久前刚买了一个新的，因为那只坏猫多多，在它猛烈的抓挠下，之前的床垫被它的指甲划烂了。我认真考虑要不要提溜起它的脖子。太麻烦了！猫，还有我母亲。或许，把他们两个都提溜起来？

当我第无数次指责她时，洛伦佐恼火地告诉我不要折磨她。可其实是她一直折磨我。我找到了大约15年前的日记，在第一页上许了一个愿望："我多么希望妈妈能怜悯我。"其实我母亲和我一直折磨着对方。这大概是我们的习惯。我们的生活方式让彼此都疲惫不堪。我肯定是。我神经容易紧张，而且正在退步。一位通晓顺势疗法的医生建议我把自己置于一种不同的心态，平静的心态，当我和她在一起时，可以假装在扮演一个角色；在他看来，我作为一名女演员，这对我来说没什么难的。扮演一个角色，似乎是个绝妙的主意。一离开咨询室我就仿佛上了天堂。在我去妈妈家的路上，我感觉这个想法开始蠢蠢欲动。到了门口，这种想法又幻灭了：我一直在妈妈面前演着呢！我假装心情好，以至于护工们都恳求我难过一点，不要刺激我母亲。但是我不能一直保持这样假装的状态。现在我能快速地清醒过来。之前我要求妈妈去小便，洛伦佐说我是在"折磨"她，今天她紧张不安地要我带她去撒尿，跟我重复了不下十次："我有导管，我有导管，我有导管。"她在数数的时候会一个接一个地用指腹点鼻尖，这让我觉得非常好笑。像孩子一样。在第四次重复时她厌烦了，让我"滚到一边去"。没错。我听她说这话起码已经50年了。都说别在孩子面前说脏话，我不记得曾经听她这么说过。

我五六岁时，她决定告诉我关于我出生的"真相"。

"你知道吗，你出生的时候可把我的阴道屁眼都撕裂了！"

可能从那一刻起,我对生孩子的恐惧已经开始了。我还没理解为什么她要这么告诉我。她给我讲的这些生孩子的事,现在听起来不是什么新鲜事,但在我小时候经常听到。你想想当我告诉我那些同龄的小朋友们时,他们脸上惊愕和恐惧的表情,原来我来到这个世界的方式是这样的惊险和与众不同。

前段时间在一次争吵中我提起了这件事,试图问她为什么要讲得如此准确详细,本来是没有必要的。

"有什么坏处吗?我告诉你的是实话,那又怎样?你说过多少谎言呢!"

如此结束了争吵,像往常一样。她从那时起没有什么变化,甚至一点都没有。詹姆斯·希尔曼写过,一个人的真实性格在他变老时才会被自己认知,不加以控制,展现他真实的自我。我觉得他说得对。

我建议阿贝尔在母亲面前应表现得更有权威。他不知道这个词的意思,我告诉他让母亲来解释。

"安娜,'权威'是什么意思?"

"意思是你别给我没事找事,就再好不过了!"

## 第二十三章

衰弱

衰弱

有一段时间，我每次问候母亲时，她都会回答我：

"感谢上帝，你是多么健康啊。"

在她的话语里，上帝出现的频率越来越高，而当我问起她缘由的时候，她则用一句米兰的谚语来回答我：

"当人变老的时候，要珍惜他。"

上帝啊。她担心自己的健康状况，并不断地问我：

"我怎么样了，小吉娜？"

尽管我不喜欢她的样子，还是让她放宽心。

"你是出于同情心才这么说的吗？"

"不，因为我很了解你的情况。"

这些年来，我告诉了妈妈多少谎言。曾经我这样做是为了拯救我，而现在则是要拯救她。

几天前，她的呼吸略显疲惫。到了中午，洛伦佐来到我们这儿吃午饭，但母亲不想吃饭，打起了瞌睡。我觉得她的呼吸变得越来越不规律。于是打电话给118。

急诊室里满是躺在担架上的人，特别是老人，数量众多。我母亲一度又清醒过来，像往常一样，开始呼唤我。我握住她的手，和她说起很多事情，亲吻她，但她越来越激动。

大约两个小时后，我匆匆拦下了一位走过的护士。当护士一见到她，就赶紧把她送到了一间医疗室。我明白情况很严重，因为她不想让我进去。我靠在墙上，哭了起来。她不能就这样走了，我还没准备好。几分钟后，护士陪同我们去见母亲的医生。

"心脏有严重的代偿失调。她不会熬过今晚。"他说。

他把我带到她身边。我看到她比盖着的被单更白，只有她发灰的眼窝是醒目的。我试着微笑着，发出一个安静的声音，没有哭，向她问好。

"你好，小吉娜。"她低声回答。

她呼吸困难，胸部上下起伏着。我想，如果她真的不得不离开，还是让这一切静静地发生吧。然后我给了她一片薄荷糖。她开始吮吸着，体会着这糖给她留下的最后的味道。她仍旧是她，甚至在死亡面前嘲笑着。在那一刻，我一直忍住的眼泪，倾泻而出。洛伦佐以唱歌为借口，跑来帮助我。我不想让母亲留意到我的绝望，我深深地呼吸，清了清嗓子，开始唱《噢，美丽的圣母啊》。

母亲很困难地回答：

"远远望去……多么闪耀……"

我试图继续：

"金光闪闪又精致。"

而她的声音很弱：

"睡吧，米兰……"她尽了一切努力远离死亡，我感受到她的指甲想抓住那微弱的生命；为了安慰她，我问她还要不要糖果。经过几秒钟的沉默以后，她说不用了，并闭上了眼睛。我一动不动地盯着她，惶恐不安。

他们将她送到一个房间来观察她。我让洛伦佐自己回家，留我独自一人和她待在一起。我找到了一把给陪护人员准备的扶手椅，躺在她旁边。我把她抱在怀里，小声告诉她不必害怕，我一刻都不会离开她，我爱她。

早上，老太太睡着了。很安详。她挺过了这一夜。

经过几天输血后，情形没有任何改善，科室里的一位医生建议我，在下次她情况不好时，不要送她来急诊室了。现在这一切都毫无用处，对她而言只会愈加痛苦，最好是把她留在家里。我呆若木鸡。我得决定她的生命，并照顾她临终的日子。那谁能向我保证，她会不会不知不觉就离开？这需要多长时间？但是，即使是那种情况下，我的母亲也希望能活下去。

当我在妈妈床边时，还有一位住院的女士，她儿子将我的迷茫看在眼里，告诉我关于临终关怀院的事。这是一个启示，在感谢他之后，我立即联系了其中一个机构，那里立刻接受了我们。

那是一座美丽的别墅，环绕它的是一个美丽的花园，有着鲜花和古树；最高那层有一家私人医院，为临终患者而设。医生、护士和修女都非常善良和体贴。在走廊里有一股轻微的香味，墙壁呈现出轻松柔和的色彩。为亲属们准备的大厅则满是植物，配有舒适的长沙发、扶手椅和书柜，四周都是大窗户，从那儿可以看到花园。还有一个装饰有彩色玻璃的小教堂。然后有病人的房间，隔音的，没什么噪音。温度恒定在25摄氏度，非常完美。母亲的床也是高科技的，按下按钮就可以倾斜到不同的高度，背部，躯干和腿的位置皆是如此。每个部位都是自动的。褥疮床垫非常特别，由一种透气面料制成，洗涤后可迅速干燥。它很结实。对身体再好不过了。

母亲的床旁边，有一张沙发床，可计陪同人员舒适地过夜，并配有枕头、床单和毯子。每天都会有一名员工过来，接下病人和同伴的午餐晚餐的订单，几乎就像在餐厅一样。当然这里还有电视，不过没有收音机了。很遗憾，如果可以只听不看的话该多好。

总而言之，这个临终关怀院我很喜欢。我想我为她找到了一个适合死亡的好地方。

## 第二十四章

## 《再过五分钟上映》

《再过五分钟上映》

在临终关怀院妈妈开始睡得越来越久，偶尔勉强醒来吃两口东西，在一片宁静中度过一天又一天。其中一个医生告诉我，终有一天她会突然撒手，我们能做的也只有静静等待。但是事实完全相反，她意想不到地开始好转。而且鉴于他们根本没给妈妈采取任何治疗，也肯定不是因为这个原因。他们跟我解释说这种现象十分常见，因为像在医院那么受到保护的一个环境里，人的身体会逐渐趋于稳定并且达到平衡。

我常常会陪在她身边度过一天里的大部分时光，这已经成为了一种习惯。有一天我在妈妈的房间里遇见了一个老修女，她靠在妈妈床边，嘴里不停地念着祝祷词。这样的滔滔不绝也不知道她练习了多少年。当妈妈用拉丁语嘟囔出"万福玛利亚"的时候老修女愣住了,我也很震惊。我没想到她居然还能记得说出这句祷告。临走的时候,这位"姐妹"为了让妈妈开心乐观一些,她轻抚着妈妈,提醒她说,我们来到这片土地,是为了像上帝耶稣一样经历苦难,并且我们也终将像他一样死去。我在心里想了一会儿,驳斥她:

"这位姐妹,我妈妈挺好的。她来这里只是为了做一个康复治疗。"

修女对我的话感到诧异,向我投来疑惑的目光。但我觉得她心里应该很明白。

妈妈已经失去原来的个性,忧心忡忡。

"都变了。"她轻声说道。

"什么都变了,妈妈?"

"人生。"

"我对一切都很抱歉,吉娜。请你原谅我,我是个古怪的老人,但这不是我的错。"

"你为什么不睁开眼睛,妈妈?"

"我不想再见到任何人。"

如今她已经在临终关怀院住了有好几个月,我们所有人都觉得再过不久她就要离开了。

三周之前发生了一次最大的危机。妈妈一直

都在睡着，再也没有讲过话。医生们也开始给我做心理建设：那一刻就要来了。死亡正将她温柔地夺去，她却对此一无所知。我去到医院的小教堂里跪着，祈求并感谢上帝能听见我的祷告。这些年来一直困扰我的恐惧也渐渐化解：她不再需要任何鼓励激发她求生的欲望。已经没有任何可能做的了。但是就在第二天，医生们察觉到输液的导管可能感染了，给她用了抗生素后，她再次活了过来。

尽管见过她很多次奄奄一息的样子，但我从来没有习惯。每次她重生过来，我都感觉自己像是一个年迈的拳击手，不停地被击倒在地。这样的拉扯对我而言是致命的，我能感觉到。我的一个朋友在听说了妈妈无数次的重生后自以为是地说道：

"如果她再这样继续下去的话你应该把她杀了。"

但谁又能够体会得到亲眼看到我的"老小孩"渐渐好转的心情呢？这天当我过来看她的时候她有点激动，开始喊我的名字。

"吉娜！吉娜！"

"我在这，叫我做什么？"

"因为我没办法拥有你。"

就好像对她来说，她想把我变成她身体的一部分。我温柔地叫她安静下来。

"不。我要捣乱！"

关怀院如今已经变得有点像是我自己家，我熟悉院子里的每个角落和构造。我常常会和这里的很多人聊天：神甫、修女、护士、勤杂人员还有医生，尤其是一名女医生。她是妈妈治疗团队里唯一的女性，品格十分高尚。我还和很多的亲戚变得关系不错，大家会聚在会客厅里聊天，聊的仍然还是那些家长里短。

然而妈妈会开始挠她的脸，没办法停下来。有时安静有时焦虑激动，反反复复。

当然她也有比较好的时候，这时大家都会很喜欢她，经常对我说她有多可爱多温柔。她那些令人烦恼的时刻只会在我面前爆发，对我做一些无理的要求。几天前她说了一句我从来没听过的话：

"把我从这个乱七八糟的生活里救出去。"

接着她又说了一句我非常熟悉的话：

"让我死了吧。"

这句比起其他的话会让我更加恼火，因为我知道她心里并不想死。

"用不着我帮你，反正迟早你都会死的。"

"我知道，但我也要把你一起带走！"她恶狠狠地瞪着我，我又一次被她震惊。她一直不停地絮叨着要把我留在身边，现在可好，连带我去哪都想清楚了，这下我也无话可说。但是我一直对于自己没办法减轻她的痛苦而感到抱歉，直到最近几天我随时都能感受到沮丧和无力。

"看看我，吉娜。"

"我就在这里看着你，妈妈。这样你开心吗？"

"我很开心。"

其实我一直都在不停地给她拍照，拍得都差不多，就好像想把她永远地固定在这一刻。昨天我用手机给她录了一个视频，我让她对镜头微笑，她已经好久都没有笑过了。

当她状态不错的时候，她喜欢扮演所谓的"俏皮诺"。只要给她头上戴一顶帽子，她就会开始做各种有趣的鬼脸。

豪尔赫给她拍过很多照片，有一张她装出一副摇滚歌手的样子，我很庆幸还保留着这些。还有另一张照片里，她头上顶着一个银色的圣诞饰品，那是我放上去的。拍照的时候她还把舌头伸出来。而现在，她只会说：

"吉娜，我不想。让我一个人待一会。"

而我会继续坚持。

"来嘛……就当是送我个小礼物……乖……"

我现在就好像她小时候对我一样，不停地烦我，强迫我拍照的时候要笑。我们都为了取悦对方而被迫装出开心的样子。总之最后，妈妈，一个敬业的演员，还是向我露出了一个疲惫的微笑。

对了，昨天晚上"我们的电影"面向剧组和亲友在米兰的墨西哥电影院举行了一个放映会。思考了好久以后他们才决定影片的名字：《再过五分钟上映》。说实话，我本来还期待着一个更好听的名字。

妈妈出现在荧幕上的时候我十分惊讶，她和现在的样子完全不同，荧幕里的她看起来还好好的。她跨出了荧幕，打动了在场的所有人。出片尾字幕时全场的灯也打开了，大家报以热烈的掌声。有一些人走到我面前祝贺我，并且问起了妈妈。我疲惫地忍住情绪，和他们一一握手，微笑着回答他们的问题。

今天我和医生谈过了。我们在关怀院已经住了6个月，妈妈仍然没有下定决心死去，再过几天她只能出院。可惜这里是提供给那些临终病人的住所，不是一个长期的住院部。医生们已经表现出足够的理解了。

我不知道该怎么办,也不想让自己惊慌失措。我还是走到妈妈面前,对她说:

"妈妈,你知道你当了一部电影的女主角吗?昨天首映结束后,大家都为你鼓掌欢呼。你开心吗?"

"我开心极了。我什么时候再演下一部电影?"

# 第二十五章

## 家

妈妈回家了。现在她只能睡在自己的床上,跟关怀院的病床完全不一样:她自己的床没有遥控按钮,只有两个小摇柄。她的床要更窄一些,而且你只能调节床头的斜度,床尾调不了。床中间,也就是她背靠的地方,也没办法调整。最让我烦心的是床垫,和医院里的完全没法比。但是我问过咨询台的护士,她说那种床垫要五千欧元,我只好放弃这个念想。当我进到家里时我的视线就立刻落在妈妈原来的遥控轮椅上,上面空荡荡的,已经用不到了。它静静地躺在客厅的落地窗边上。我们接下来的生活都将只会在妈妈的卧室里忙碌,幸好我们并不无助,关怀院会提供一些上门的护理服务。

大概每周两次或三次，会有一名医生带着护士来探访妈妈。当然，如果有需要的话她们会来得更频繁一些。她们两个人都会背着非常重的背包，里面装着所有可能要用到的东西。那位女医生38岁，有三个孩子。她的手法非常朴实，毫不浮夸，并且很稳妥。我只见过一次她辛苦的样子。那时候她弯下腰正在给妈妈检查，那只坏猫多多就趁机袭击了她的小腿。女医生被吓得叫出声来，看着腿上渗出几滴血，眼里闪过一丝恐惧，她应该也只是怕自己的血。我冲上去但没抓住猫。妈妈显然也被惊吓到了。她微弱的嗓音气得发抖，命令我说：

"把它杀了！"

我们第一次见面的时候，医生正在给我说明她的工作内容。我边听边点头，脸上保持着礼貌的微笑，但心里闪过各种不快的念头。她建议我接受医院给病人家属提供的心理援助服务，我照做了。我去见心理医生时，聊着聊着，突然就讲到了妈妈永生不死的愿望。

"为什么您母亲93岁了还这么执著地想活下去呢？她是不是还有什么未了的心愿？"她好奇地问我。

"没有。"我回答道，"她只是单纯地觉得活着要比死去好。"

我家老太太实在太恐惧死亡了。我能理解，我自己也怕死。她有时会自言自语："安娜你真苦啊。"为了让她的关节保持灵活，我们会做一些锻炼的活动。过了一段时间后，突然有一天她发现自己胳膊动不了了。那部分的关节已经僵硬了，我每次只能尽力去矫正关节的位置让它复原。

"就让我自生自灭吧。"她终于忍不住了。

"你是想说你已经厌倦我了，是吗？"

"没错。"

我越来越气恼，每次只要遇到一些小麻烦就会开始飙脏话。我气上帝为什么要让事情变成这样。

"摸摸我，吉娜。"她对我说，"不要丢下我，你是我的光芒。"

她喜欢感觉到女儿的手在轻抚她，从脸颊到头部，最后再拂过她的背。

时不时地我会闭上眼睛，感受她所看见的一切。黑暗，只有黑暗。尽管对妈妈怀有无尽的怜悯，每当我听见她的呼救声，我还是会感觉好像受了当头一棒，神经突突地跳动。那个时候反倒是妈妈会抚慰我。

"冷静点，小吉娜。不要生气，上帝会帮助

你的。"

尽管这时我都会故作镇定,她还是察觉到了什么。

"我很抱歉让你这样消耗,吉娜。"她对我说。

好像我是一根蜡烛。

然后她向我问起了她的植物。她很久没提起她的植物了,我只好撒谎说她的植物们都长得特别旺盛,所有的邻居看了都很羡慕。我不想告诉她阿贝尔并不是特别会照顾那些长在花盆里的嫩芽。他成功地养干了一株迷迭香,这么多年来它都长得好好的。唯一状况不错的,只剩下一盆橱柜上的绿萝。

虽然妈妈已经很虚弱了,她还是用她的魔爪牢牢地把我抓着。

"吉娜,帮帮我这个老太太吧。"

"我在帮你啊妈妈。你还要我怎么做呢?"

"爱我。"

"我怎么会不爱你呢?"

"我没感觉到。"

对她来说永远不够。我永远都要更努力一些,因为我是她的女儿,她总是这样对我重复说。直到最终她用指甲和牙齿把我紧紧抓住,再扔出去,我都必须忍耐。虽然很累但我要忍耐。

　　我在试图争辩这过去的三年我是如何为了安娜一个人而活,也许我开始接受再过不久她就要离去的事实。

　　直到不久前我还把她的死亡看作是一桩丑事。事实上,每个死亡对生者来说都难以理解,尤其对于我这样的人,斗争了这么久,试图去回避一些不可避免的事实。事物的正常消逝在我看来不仅仅是难以理解,而是反常的。这是一种极大的不公,以至于我内心感觉自己甚至有必要做出身体上的反抗,而这样最终只会伤害到我自己。我无法将自己置身于一个安全的距离,去平和地接受妈妈的消失。但现在我也只能投降。我知道我和我93岁的"老小孩"再过不久就得说再见。我想起马切罗·马尔凯斯的一句话:"我希望死亡能让我领悟生活。"

　　我现在确信当那一刻轮到妈妈的时候,她将会前所未有地感受到活着。可惜我只能这样接受。

## 第二十六章

再见

再见

这天是切利娅和阿贝尔的休息日,他们今晚会回来。上午10点,我在我母亲家。中午洛伦佐到了,为我和他准备了一些吃的。我靠近母亲。尽管有些困难,她仍想说话:

"我想离开这里。"

"你想去哪儿,妈妈?"

"去一家不错的餐厅。"

"你想吃什么呢?"

"两个黄油鸡蛋,甚至三个,西红柿酱拌面配帕尔玛奶酪。"

妈妈现在几乎不接触食物,她只需要几茶匙酸奶、一片牛奶泡的饼干、一瓶果汁,她也很乐意再来几块糖果或者巧克力。

洛伦佐敦促我出去散散步，稍微离开一会。但我没办法离开，一到外面我就迫不及待想要回去。半小时后，我又回到母亲这里，洛伦佐坐在她旁边，她奇怪地沉默着。但是，她一听到我的声音就又开始絮叨：

"我害怕失去你，吉娜。"

她痛苦着。我和她感同身受。一种从未有过的绝望带着新的恶意席卷了我：

"你和你妈妈在一起时，还没有我对你有耐心呢。"

"这不是真的。骗子。"她回答道。

然后我就自悔失言了，我不该如此卑鄙地提起一段无用而伤感的旧回忆。我对自己不满意，一点也不。我以为我已经准备好了，但是面对我的恐惧，面对我在灵魂中感受到的肉体疼痛，就像一个受伤的重要器官，或突然断裂的骨头，我意识到自己根本就没有准备好。

妈妈情况变得更糟了。临终关怀院的医生晚上八点下班，在差一刻钟时，我冲动地拿起话筒给医院打电话。医生在几分钟后就过来了。她与母亲在房间里待了一会，而这一会儿对我来说似乎没有尽头。她出来以后，向我们解释了如何继续让妈妈保持镇静。她离开之前,握着我的手跟我道别,比寻常的礼节握得更用力。

"再见,吉娜。"

我意识到,尽管我的母亲没什么概念,她的大限还是将至。我靠近她,她似乎更加平静了,嘴里嘟囔了一些我不明白的话,呼吸越来越疲惫。我给了她一个吻,和她待了一会儿,我冷静地跟她说话。在关于我们将如何分离的各种假设中,我没有想到她会是这样子。

第二天早上我回到那里。她也是。我只是希望她不受苦,也不要有什么意识。她吮吸着一个充满水果香气的棒棒糖。她依然很贪吃。

但今晚我不得不把她留给护工,因为在米兰的阿波罗电影院有一场电影首映见面会。它终于在影院上映了。几天前,我们一起看电视,大区的新闻广播报道了这部电影。在预告片时,她听到了我的声音,感到惊讶,然后当她听到她自己的声音时,她的唇上浮现了笑意。

"那是我!是我!"

我开玩笑地告诉她,我可以替她来签名,因为要签的名字太多了,她可能会累。

"我不!"答案直截了当。"我自己签!"

凌晨4点左右,电话响了。我没有必要问或听,已经知道发生了什么。那是2013年7月3日,我会永远记住这个日子。我一直在等着,三天了,妈妈肯定会将自己这种状态定义在"生死之间"。我起床,穿好衣服,十分钟内到了她家。

我看着躺在床上的她,穿着一件T恤,上面写着"一笼傻鸟"。我抚摸她的脸。这一次,不会有什么起死回生了。我站在那里,盯着她,呜咽渐渐平歇了下来。我想象她还在房间里,也许正憩息在衣柜或吊灯上。我不知道她是否会因为看到我如此绝望而感到痛苦,或者依然对我这第无数次的表白心意感到不满意。然而我看不到她。

我们都有点迟钝。切利娅在某一刻恢复了一点精神,提议在她身体僵硬之前立刻为她梳洗打扮。我们开始投入工作。我打开衣柜,翻找她最喜欢的衣服。那是她在三十多年前通过分期付款买下的,白色,美丽的丝绸,缀有蓝色小花,这是她最喜欢的颜色。衣柜很满。我翻了无数的衣服,偏偏少了我正在寻找的那件。最后在我的手中的,是一件明黄色的亚麻小礼服。这是几年前我送她的。她穿得很合适,因为鲜艳的颜色而喜欢它。

我们为她穿衣,待在床边,不知道该怎么办。

她的皮肤颜色慢慢呈现出一种灰色调，我决定为她化一点妆。在梳妆台上有我的粉底液，色彩明亮，我将海绵弄湿，将粉底液涂抹在她脸上。然后在脸颊上扫上一层腮红，嘴唇上涂上一抹精致的玫瑰红。皱纹从脸上消失了。她真的很美。

# 第二十七章

## 绿萝

绿萝

我从起居室到卧室来回走动。我坐在妈妈的身体旁边,为她唱了一首她的歌。我好像是疯了。有些朋友来看望她。与他们一起来的有马可·马非,加布里埃尔·斯科蒂,劳拉和她最近出生的女儿艾玛。是时候问问她,我妈妈是怎么让她想起Sex Pistol乐队的席德·维瑟斯了。

"因为你的母亲有一种不可阻挡的能量,不羁的性格,还有和席德的同款漂亮发型。"

唐·托马索迟到了。洛伦佐认为最好是在家里为她祝祷,而不是准备一场葬礼。那样会更亲密。他打电话给教区,简略地说我们需要一个牧师。他在梳妆台上放了一张母亲的漂亮照片:她很年轻,双腿交叉坐在栏杆上。她看着镜头,一如既往地微笑着。相框的左边是一个盛开着白色绣球花的花瓶，右边的花瓶里的鲜花是大家带来的，周围都是点亮的蜡烛。她的明黄色连衣裙，放松的表情，切利娅精心准备的特别的床单，去年阿贝尔画的天蓝色的墙，让氛围不那么凄凉。

第二天早上，母亲仍然是完美的，与之前别无二致。天气温和，7月初不是很热，空调一直开着。房间里很凉爽。我冲着她微笑，亲吻她的额头，把手放在她的手上，第无数次地向她提出了惯常的叮嘱，或者正如她所说的那样，惯常的碎碎念。

"不要害怕，不要担心，我在你身边，我爱你。"

谁知道她能不能听到我呢。她如此的冰冷。也许我只是在和一些骨头说话。

我们到达朗布拉特墓地，在那里进行火葬。棺材存放在一间房间里，亲戚可以在那里与她最后告别。洛伦佐和我在一起。我的朋友乔瓦娜也加入了我们，在这些年我们一起巡回演出时，我经常向她说起我母亲。我的老太太为我们带来了很多欢笑。

"你妈妈总是跟你说什么来着？洗一洗……"

"洗一洗，晾一晾，焕然又一新。"这个比喻我还记得很清楚。这是一句古老的米兰俗语，是她著名的说教里的一条，她甚至自己也不相信这些说教,可是俏皮话总会使她开心。

当我们和妈妈说再见的时候,洛伦佐从牛仔裤口袋里拿出一张皱巴巴的纸片,然后读了洛特雷阿蒙的一篇文章:"我在水晶般的海浪中,向你道别,年迈的海洋……我的眼睛饱含泪水,没有力量再继续;因为我觉得,这是男人们带着野蛮的精神回归的时刻;但是……勇敢些!我们付出了巨大的努力,以责任感,在地球上完成了我们的命运……最后一次,我想向你致意,与你道别!年迈的海洋啊,我向你道别。"

我们轻轻触摸了一下棺材,然后离开。一周后我回到墓地。洛伦佐陪我一起迎回我美丽的老太太。她好像一座化为灰烬、偃旗息鼓的火山。我们拿着号码,在一个房间里等待,跟在邮局里似的。我们前面有很多人。我还没弄明白我是怎么回事,只是确信自己承受不了,无论好坏我都还在这里。我的思绪是空虚的,我所做的一切似乎是徒劳的。我经常发现自己和她说话,唯一的区别是我们不再吵架了。但我没有愧疚感。照顾她,爱她,像爱女儿一样,这让我感觉到与自己和平相处。

她去世后,我挺了下来。我如同一个走钢丝的人在一条看不见的线上前进,一只脚在另一只脚前面摸索,看不到终点。有时我会失去平衡。这随时随地都可能发生。

当我在超市,或是在喝卡布奇诺时,抑或是当我听一首歌或看报纸时,我会突然泪流满面,但不是因为她,而是因为我自己。皮兰德罗在《你所过的生活》中也这样说过:"是的,是的,我们为自己哭泣;因为那些死去的人,再也不能——他啊,他啊!将生命给予我们,那熄灭了的眼睛再也无法看见我们,那双手冰冷而坚硬……"

轮到我了。工作人员举止有些奇怪。他向我解释说,如果我决定改变住所,并因此移动骨灰,我得立即告知市政厅,否则我可能会遇到些问题。在他的语气中,我感觉到一些威胁的腔调。我倒是想问问他,市政府对于"我"母亲的骨灰有什么感兴趣的地方,但我觉得这不是合适的时候。

我在回家的路上。和我母亲一起。她在一个小巧的金属盒子里,放在我的膝盖上。在最后那段时间里,她经常向我说起:"我在你手心里。"等我到家,就会把她放在橱柜上那株绿萝长长的茎下面。她非常喜欢植物,一定会很开心的。